Jérôme Idelon

L'envol du flamant rose

Roman

ISBN : 979-10-388-0068-7
Collection : Accroch'Cœur
ISSN : 2111-6725
Dépôt légal : janvier 2021

Éditions Ex Æquo
6 rue des Sybilles
88370 Plombières Les Bains

www.editions-exaequo.com

Pour Frédérik

mon coéquipier
d'aventures Olnivrestres !

En te souhaitant une
bonne lecture

Jérôme

À toutes les mamans du monde,
que je ne serai jamais.
Jérôme Idelon

Préface

Théo, dix ans, orphelin de père, n'a plus que Rose, sa mère pour grandir. Elle est belle, elle est fantasque et il l'adore. Au point d'accepter d'entrer dans son monde, à mille lieues de celui que nous connaissons tous. Et pour cause. Rose ne va pas bien dans sa tête, elle a deux pôles qui se chamaillent entre eux. Alors pour être toujours dans sa danse, Théo va suivre les pas de Rose, apprendre des tours de garde, emprunter des détours obliques et subir des retours de bâton. D'envolées de plumes duveteuses, en passant par des champs de courses et de tournesols, marchant le long des bords de mer et de cimetière, Rose embarque Théo vers un horizon qui n'annonce rien de bon.

Et pourtant, Théo ne recule pas, il avance avec sa mère, pour sa mère, à côté de sa mère, derrière ou devant sa mère, parce que Rose est son univers. Il n'en connaît pas d'autres. Comment pourrait-il faire autrement ?

Cette histoire vous arrachera le cœur. Vous serez bouleversé, amusé, secoué. L'émotion est palpable parce que tout y est : la tendresse, l'humour, la peur, l'amour inconditionnel, la tragédie.

Jérôme Idelon joue avec les mots, il leur donne un second sens, une nouvelle image qui colle à la perfection à chaque fois. La poésie est le troisième personnage de ce roman, elle nous emmène dans un monde où le surréalisme flirte avec la réalité sans que cela ne nous fasse jamais lever les yeux au ciel. Nous entrons dans les lignes, nous serrons les dents, nous soupirons de soulagement, nous sourions et nous pleurons.

Et c'est tellement bon.

Que votre lecture soit belle.

Jeanne Malysa

Préambule

Je m'appelle Théo. Je n'ai que dix ans. J'aime bien mon âge. Il est rond. Il est facile à calculer. Mais maman m'a dit de ne pas m'y attacher. Car il change tout le temps.

Avant de l'écrire, je n'avais jamais pensé à ma vie. C'est vrai qu'il faut du temps pour prendre du recul. Il faut du temps pour parcourir assez de distance et être capable de regarder en arrière. De loin, tout nous paraît plus petit. Nos problèmes deviennent aussi minimes que les petits pois qu'on nous sert à la cantine. On relativise alors. Certains préfèrent cependant prendre de la hauteur plutôt que du recul. Ce sont des privilégiés. Tout le monde n'a pas d'avion ou de fusée pour se le permettre.

Beaucoup de gens ont peur de passer à côté de leurs vies. Alors ils font tout pour essayer d'y trouver un sens. Mais je n'ai jamais de panneaux sur le bord de la route pour leur montrer la bonne direction à prendre. Heureusement d'ailleurs. Parce que maman, la connaissant, elle aurait fait exprès de la prendre à contre sens.

Ce qui m'énerve avec la vie, c'est qu'il n'y a pas de pause, d'accélération ou de retour en arrière. Mais en même temps, quand on aime un passage, cela nous force à le savourer. Non ? La vie, c'est comme un film bloqué sur « *Play* » où les acteurs qui y meurent ne jouent plus jamais. Le cinéma devrait peut-être s'inspirer de la vraie vie sur ce point. C'est toujours étonnant de retrouver un acteur qui a été pendu ou écrasé, en tête d'affiche une semaine après sa mort dans un film. Ils pourraient au moins lui laisser une période de rétablissement. Le laisser faire semblant de se remettre de ses blessures, d'enlever la marque de la corde autour de son cou, de soigner sa jambe cassée.

C'est un médecin qui m'a conseillé d'écrire mon histoire. Il m'a dit d'écrire comme ça venait. D'employer mes mots à moi. Mais moi, de toute façon, je ne connais pas ceux des autres. Il m'a dit que cela pourrait m'aider de mettre mes mots par écrit. Ou était-ce mes maux ? Il aurait dû me l'écrire. Je n'aurais de toute façon pas pu le savoir. Personne ne peut lire les écritures des médecins. Sauf les pharmaciens. Des fois, je me dis qu'ils écrivent mal pour que personne ne puisse les comprendre. Voilà comment le monde fonctionne. On fait confiance aux gens que l'on ne comprend pas. Et c'est ainsi que certaines personnes finissent par dire « c'est comme ça ».

Après ce qui est arrivé à maman, je ne fais plus confiance aux médecins. Mais comme je n'ai plus grand-chose à perdre, je vais écouter le mien. Je vais l'écrire mon histoire. Mais je préviens, ça ne va pas être joyeux.

Madame Arthur

La nuit est tombée sur le quartier de Pigalle. Dans le scintillement des néons des sex-shops, les filles de joie racolent les touristes sur les trottoirs. Allongés sur les bancs, même si certains n'ont jamais appris à nager, des malheureux noient leurs détresses à coup de blanc. Ce soir-là malgré le vent, les pales lumineuses du Moulin Rouge ne se sont pas encore décidées à tourner. Elles sont bloquées là, au-dessus des toits de zinc comme les aiguilles paresseuses d'une vieille horloge. Un peu plus loin, des applaudissements et des hurlements rebondissent sur les pavés de la rue des Martyrs. Et pour cause. Ce soir, le mythique cabaret « Madame Arthur » fête ses soixante bougies. Derrière ses portes rouges, devant un public plongé dans le noir, une créature mystique toute de rose vêtue s'avance sur la scène. Une large perruque blonde et un serre-tête lumineux recouvrent sa tête.

– Ce n'est pas qu'on s'emmerde, mais vous ne trouvez pas qu'il est temps de rajouter un peu de tendresse dans ce monde de folles ? Ce n'est pas tous les jours qu'on a soixante ans.

Le transformiste se tourne vers Virgina, son collègue au piano, tout en suçant son long doigt ganté.

– Ma chérie, tu veux bien nous les faire frissonner d'amouuuurrrr ? ajoute-t-il langoureusement.

– Mais avec grand plaisir.

Virgina est assise derrière son instrument à queue. Sa tunique moulante laisse deviner un corps svelte. Ses nombreuses paillettes agissent dans la salle comme une boule à facettes. Ses éclats de lumière éclairent les guirlandes et les ballons de baudruches installés pour l'occasion. Suspendues à un fil, de grandes lettres en papier crépon indiquant « *Happy*

Birthday » ont été accrochées sur le devant de la scène plus tôt dans la journée.

Le dos droit, le regard concentré, Virgina suspend ses mains au-dessus de l'instrument avant de les faire retomber sur le clavier. À l'intérieur du mécanisme, les marteaux feutrés frappent simultanément les cordes d'acier. Les premiers accords de « *Pour que tu m'aimes encore* » de Céline Dion résonnent alors. Au centre de la scène, le transformiste entame les premières paroles.

— « *J'ai compris tous les mots, j'ai bien compris, merci* ».

Sa voix de velours est grave, mais délicieusement juste. Jouant avec son boa enroulé autour de son cou, il s'approche de son collègue au piano. Il le caresse tout en continuant de chanter. Puis il prend la direction du public. Il descend les quelques marches à l'extrémité de la scène. À chaque pas, il prend soin de ne pas planter ses talons dans sa longue robe effleurant le sol. Il s'avance. Il est maintenant au milieu du public. Il se déhanche au milieu des tables.

— « *Fallait pas commencer, m'attirer, me toucher* ».

Il caresse les épaules des spectateurs, frôle leurs sièges de quelques mouvements de hanches. Il prend soudainement le bras d'un homme. Il le fait se lever. La gêne peut se voir sur le visage du désigné, mais il ne résiste pas. Le transformiste l'emmène alors avec lui sous les projecteurs. Il entoure à nouveau son boa rose fuchsia autour de son Roméo d'un soir. Comme un charmeur de serpents, il ne le quitte pas des yeux. Son invité se laisse faire. Il entre dans sa danse. Le transformiste se frotte à lui, le caresse de ses plumes tout en continuant à chanter.

— « *J'irai chercher ton âme dans les froids, dans les flammes* ».

Les lumières de la scène s'estompent peu à peu pour ne laisser que les ombres de leurs deux corps. Le public est sous le charme et chantonne à son tour les paroles.

— « *Que les choses ont changé, que les fleurs ont fané* ».

Dans les coulisses, des bruits secs de talons claquent le parquet d'un pas pressé. Ils résonnent violemment le long du couloir menant aux loges. Perché sur des chaussures blanches à talons compensés, un transformiste habillé en tenue de mariée se dirige à toute allure vers le fond du couloir. Sa foulée est si rapide que sa longue traîne blanche peine à le suivre. Elle flotte derrière lui à quelques centimètres du sol comme pour ne pas le ralentir.

Tout au fond du couloir, seul dans sa loge, Théo vient de finir de se préparer. Il aime cet endroit. Il aime son parfum de fond de teint, de vernis à ongles et de liner. Il aime la lumière jaune tamisée des spots entourant le miroir, la chaleur qui se dégage de ses ampoules incandescentes. Il aime le chaos réconfortant des pinceaux et des trousses de maquillage éventrées sur les tables, des fourrures, des combis, des corsets, des capes et des plumes qui débordent des armoires. Il aime dire que cette loge, c'est son antichambre de la nuit.

Alors qu'il finit de s'apprêter, Théo regarde son personnage prendre peu à peu vie dans son reflet. Il le fixe droit dans les yeux, l'observe avec une extrême délicatesse avant de lui murmurer :

— Bonjour, Marcusine. Je suis heureux de te revoir. (Théo porte délicatement ses doigts sur sa joue) Tu ne m'as pas l'air en forme toi non plus. Qu'est-ce que tu as ?

Derrière le miroir, Marcusine reste de glace. Pas un mot ne sort de sa bouche encerclée par de fins traits de gloss.

— Ils t'attendent sur scène alors t'as intérêt de te bouger ! lui crie tout à coup Théo avant de reprendre son souffle. Marcusine... Je suis désolé. Mais j'ai besoin de toi ce soir...

Marcusine est plus qu'un nom de scène pour Théo. C'est sa créature, sa confidente, sa face B, l'ombre de ses jours. Théo opère sa métamorphose en se transformant avant chaque spectacle. En la regardant dans le miroir, Théo ne voit plus dans son reflet une chenille au corps imberbe, mais un véritable somptueux papillon de nuit.

Théo s'est vêtu tout en noir pour sa prochaine performance. Au-dessus de ses chaussures à talons, des bas résille sombres remontent jusqu'à l'embouchure de ses cuisses. Elles sont fines et musclées. Un tanga en cuir verni recouvre leurs extrémités. Il laisse deviner les contours de son sexe au hasard de ses reflets. Son buste fin mais puissant est enveloppé dans un corset en latex. Théo a vingt-six ans. On dit de lui qu'il est joli garçon. Il a le pubis et les sourcils soigneusement épilés. Il a les lèvres fines et les cheveux courts, presque rasés. Bien qu'il soit impossible de s'accrocher à eux, ses petits amis adorent passer leurs doigts dedans, et parfois essayent de s'y agripper. Le reste de son corps est vierge de toute pilosité. Ses collègues du cabaret envient sa féminité. Quand il se meut sur scène, son corps transpire le désir. Ses veines remontent comme des lianes de sang le long de ses muscles allongés. Ses omoplates dansent sous sa peau de soie. En le voyant ainsi se mouvoir sur ces planches, personne ne peut soupçonner la timidité presque maladive de Théo une fois le rideau descendu. Il ne répond jamais aux numéros inconnus et passe au rouge plus vite qu'un feu de circulation quand le regard d'un homme se pose sur lui. Pour la combattre, Théo a trouvé son arme : l'extravagance. En été, il aime ainsi se promener en peignoir aussi bien dans sa salle de bain que dans la rue. Par temps de pluie, il ne sort jamais sans sa capuche de grand-mère. Ses amants disent que ça lui donne un air de Jackie Kennedy. Certains passants le prennent pour une fille aux cheveux courts. Cela ne le dérange pas. Bien au contraire. Il en joue. Il envie la sensualité des femmes. Il envie leur douceur, mais surtout, il envie leur folie.

Seul au milieu de la loge, Théo s'avance vers le miroir. Il respire fort. Un rond de buée se forme autour de sa bouche. À quelques centimètres de la glace, il sonde le regard de Marcusine. Seul face à elle, c'est le grand plongeon. Dans les abysses de ses pupilles noires dessinées à l'encre de Chine, il s'enfonce dans ses pensées et remonte ses souvenirs jusqu'à sa jeunesse. Il repense à son innocence, à sa violence. Il repense à sa mère. Elle lui manque tellement. Il était si jeune quand tout est arrivé. Malgré les nombreuses photos qu'il a gardées d'elle, le temps pille inexorablement sa mémoire. Ainsi, sans même qu'il ne s'en rende compte, une année lui enleva le son de sa voix. Elle était rauque et douce à la fois. Une autre, le grain de beauté au coin de son œil droit. Puis disparurent de ses souvenirs, l'odeur de son parfum à la fraise des bois, la couleur océan de son regard et de nombreux autres petits détails. Plus que jamais concentré à redessiner les formes du visage de sa mère, Théo n'entend pas les applaudissements, ni même le bruit des talons derrière sa porte. Il sait pourtant qu'il ne devrait pas être là. Il sait qu'il devrait être prêt à monter à son tour sur scène. Mais il n'arrive pas à décrocher son reflet de celui de Marcusine. Il porte ses doigts sur le maquillage bleu perroquet qui entoure ses yeux comme pour la caresser.

Dans le couloir, une main enveloppée d'un gant de dentelles pousse avec fracas la porte de sa loge.

– Théo, mais qu'est-ce que tu fous ? Tu déconnes, c'est à toi, putain !

Théo sursaute. La réalité lui revient en pleine face comme après avoir avalé un *shot* de Tek Paf. Il se retourne et regarde son collègue, le visage caché sous son voile de mariée. Il peine à l'enlever. Ses poils de barbe se sont coincés dans les carreaux de tulle comme du scratch.

– Alors tu nous fais quoi ? Tu t'actives ? Il y a tout le monde dans le public. Déconne pas. Pas ce soir.

– Je… Oui désolé, j'arrive.

– Et c'est quoi cette tenue, ma chérie ? Tu fais peur tout en noir. On enterre quelqu'un ce soir ? Je te rappelle que c'est une soirée d'anniversaire au cas où tu aurais oublié le thème !

– Non… c'est que…, Théo balbutie.

– Peu importe, t'es sacrément sexy mon chaton. Dépêche-toi. Je vais dire à Florian de les faire patienter.

Théo s'empresse d'ajuster sa cape en face du miroir, et à toute allure, remonte le couloir. Il ralentit en arrivant à hauteur du rideau. Il le saisit dans ses mains et l'écarte légèrement. Dans l'interstice, il regarde le public. Il est bien plus nombreux qu'à la normale. Plongé dans le noir, il ne peut cependant distinguer leurs visages. Théo reprend alors sa respiration. Il ferme ses yeux, se concentre. Il inspire fort. Il est maintenant prêt. Il fait un signe à son collègue à la régie. Les lumières des projecteurs plongent peu à peu la salle dans un rouge tamisé.

Son collègue au piano entame alors les premières notes de son morceau. Théo passe le rideau. Le public le découvre telle une veuve noire venant les dévorer pour son repas du soir. Ils applaudissent. Théo continue de s'avancer sur la scène. Il décroche sa cape de latex qui tombe sur les lattes du parquet. Il rapproche le micro de ses lèvres rouge fuchsia et s'apprête à chanter le premier couplet de sa chanson : « *Mon Fils Ma Bataille* »[1]. Mais au moment de prononcer les premières paroles, rien ne sort. Juste un silence, un mince filet d'air. Apeuré, Théo s'y reprend. Il cherche une note dans sa gorge, puis au fond de ses poumons. Mais malgré ses efforts, aucune ne résonne sur la scène. À la régie, les regards de ses collègues sont inquiets.

— Tiens-toi prêt pour le remplacer, entend Théo derrière le rideau.

Au piano, Virgina ne s'arrête pas. Le syndrome de la note blanche, elle connaît. Et puis elle le sait, le plus important, c'est qu'il ne faut rien montrer au public. Elle reprend alors les premières mesures. Elle fait pivoter son tabouret à la banquette de velours et regarde Théo. Un regard qui veut dire : « T'en fais pas ma belle, je suis avec toi ». Il ne le lâche pas des yeux « Allez chérie, on va le faire ensemble » pense-t-elle. Après quelques notes, d'un geste de tête rassurant, elle lui indique qu'il peut recommencer. Théo lui fait confiance et se laisse finalement aller.

— « *Ça fait longtemps que t'es partie, maintenant* ».

Cela fonctionne. Théo disparaît. Comme une chrysalide, Marcusine apparaît devant les yeux des spectateurs. Sa voix de cristal, ses formes unisexes, son regard bleu perroquet ne laissent personne indifférent. Aux tables, le public commence

---

[1] Extrait de la chanson "Mon fils, ma bataille" de Daniel Balavoine.

à fredonner les paroles. Du haut de ses talons, virevoltant à quelques centimètres au-dessus du parquet, Marcusine se déhanche tout en continuant de chanter puissamment.

— « *C'est mon fils, ma bataille. Fallait pas qu'elle s'en aille* ».

L'artiste transporte toute la salle dans les hauteurs de ses notes, dans la vibrance de ses mots. Il tient chacun d'entre eux jusqu'à ce que son souffle ne puisse plus. Et enfin les relâche dans une infinie puissance. Les ronds lumineux des projecteurs caressent les courbes de sa silhouette noire. En écoutant toute la sincérité que met cette créature dans ses paroles, le public est persuadé que ces mots ne sont pas repris ou inventés. Ce sont les siens. Le poing serré, Marcusine continue à crier sa douleur : « *C'est mon fils, ma bataille. Fallait pas qu'elle s'en aille* ». Les derniers accords arrivent. Virgina relève doucement ses doigts du clavier blanc. Il n'y a plus que la voix de Marcusine. Et puis, c'est le silence.

Les lumières donnant sur la scène se rallument. Dans le public, pas un bruit. Puis, dans le fond de la salle, un applaudissement se fait entendre. Et très vite, c'est tout le public qui se lève pour taper de leurs mains. Théo reprend conscience. Il regarde les visages de ces inconnus. Il se sent *nue*. Il les remercie d'un mouvement de buste. Il passe le rideau. Ses collègues le félicitent. Mais il n'en a que faire. Arrivé dans sa loge, Théo se jette sur son fauteuil. Il desserre son corset qui l'étouffe lorsque quelqu'un frappe à la porte.

— Fabien ? Putain, mais qu'est-ce que tu fais là ? C'est réservé aux artistes ici.

— Tu ne m'as pas dit ça la dernière fois, lui répond son compagnon en tournant le clapet de la porte derrière lui.

D'un mouvement nonchalant, Fabien jette sa cape en cuir à ses pieds.

— Tu as oublié ça sur la scène au fait.

Théo la ramasse et la place sur le dossier de sa chaise.

— Qu'est-ce que tu veux ? Je ne suis pas d'humeur.

— Ça aussi, tu ne me l'as pas dit la dernière fois.

Fabien s'avance près de Théo. Il s'agenouille à ses pieds comme pour donner un ton plus solennel à ses propos.

— Théo, tu as été magistral ce soir. Tu aurais dû voir dans le public, tu les as toutes retournées. Mon Dieu, quand j'y repense. J'en ai encore des papillons plein le ventre. Ce n'était pas Daniel Balavoine sur scène ce soir. Non. C'était… sa résurrection.

Fabien se lève tout à coup, saisit un chapeau à paillettes, une cravache dans une armoire et se met à crier fièrement.

— Mesdames, Messieurs, mes chéries, je vous présente Daniela Belle Avoine.

Théo ne sourit pas. Il souhaite qu'il arrête son cirque, qu'il dégage. Il a envie d'être seul. Mais déjà, Fabien s'est remis à genoux devant lui.

— Ma Belle Avoine, lui demande-t-il soudain en faisant glisser sa cravache le long de son torse.

— Quoi encore ?

— J'ai très envie de sucer votre tige, lui répond-il tout en laissant descendre sa cravache à l'embouchure de ses cuisses.

Théo le regarde sans émotion. Il est épuisé. Fabien le saisit alors. Il sort son large sexe qu'il caresse quelques secondes. Il se penche ensuite en avant pour le prendre en bouche. Fabien malaxe à présent de ses doigts et de sa langue la chair nue convoitée. Il la noie dans sa salive suante de désir. Puis il attrape ses testicules de sa main libre. Elles sont bouillantes. Malgré ses efforts, Théo ne réagit pas. Fabien le libère alors et lève son regard vers lui. Son amant pleure. Ses yeux sont fermés. Avec deux fines paupières pour seuls barrages, elles ne font pas le poids. Deux ruisseaux de larmes s'échappent. Ils s'écoulent sur son visage et emportent avec eux une infinité de paillettes. Fabien retire sa main du caleçon et la porte sur la joue trempée de son amoureux afin de recueillir ces deux rivières de diamants.

— Théo ! Théo qu'est-ce qu'il y a ? lui demande-t-il paniqué.

Son amant n'a pas la force de répondre. Au coin de ses yeux, la marée monte. Théo gémit de douleur. Fabien ne sait pas quoi faire. Il se relève et lui prend la tête entre ses mains. Il essuie les larmes de ses larges pouces.

Durant de longs instants, Théo se laisse aller. Fabien le sait. Cette douleur, il faut qu'elle sorte. Elle l'a déjà fait trop souffrir. Il cherche des mots pour le réconforter mais n'en trouvant aucun, se résout à se taire. Sous la porte, quelques rires du public se font entendre. Après de longues secondes, Fabien pose son front contre celui de Théo.

— Qu'est-ce qu'il y a, mon cœur ? Parle-moi. C'est ce que je t'ai fait ? Je suis désolé. C'est que la dernière fois, tu…

Fabien n'a pas le temps de finir sa phrase que Théo décolle sa tête de la sienne.

— Mais non, ce n'est pas toi.

Théo se saisit d'une boîte de mouchoirs au pied du miroir et s'essuie le bord des yeux.

— C'est ma mère, dit-il soudainement.

Bien sûr, pense Fabien. Je suis con. Le costume noir, le malaise au début de la chanson, le titre qu'il a choisi.

— Eh merde, dit-il à voix basse. J'en étais sûr. Quoi ta mère ? Théo, il faut que tu me dises maintenant. Cela fait des mois que tu refuses de m'en parler. Comment veux-tu que je t'aide si tu ne me dis rien ?

Face à son reflet, Théo replonge ses yeux dans ceux de Marcusine. Ses larmes ont emporté son maquillage. Il sait que son compagnon a raison. Il est temps de tout lui révéler.

— Il lui est arrivé quelque chose. Aujourd'hui, cela fait vingt ans exactement. Cela fait vingt ans qu'elle a disparu.

— Quoi ! Disparu ? Mais comment ?

Théo n'a pas le temps de lui expliquer. Il n'en aurait de toute façon par la force. Il se lève alors de son siège et se dirige vers une armoire et ouvre l'un de ses tiroirs.

— Attends, il doit être là.

Il extrait un cahier et le tend à son amant qui s'en saisit. Il l'ouvre à la première page. C'est celui d'un enfant signé Théo Flamant. Il tourne la page : « Préambule ». Il y a des ratures et quelques gribouillages entre les premières lignes. Fabien dévisage son amant, le regard interrogatif.

– Mon amour, écoute les applaudissements. Ils m'appellent. Je dois repartir sur scène. Mais si tu veux savoir, lis-le.

Mon papa

Il paraît que nous avons notre premier souvenir à l'âge de trois ans. Je l'ai entendu à la télévision. C'était encore en noir et blanc. C'est pour ça que je ne me souviens pas de mon papa. Il est mort dix jours avant l'anniversaire de mes trois ans. Dix jours, c'est trop peu pour emporter à un enfant les souvenirs de son père. La mémoire devrait faire des exceptions. Partout il y a des exceptions. Je suis sûr que même les exceptions ont des exceptions. Dix jours, ce n'est rien. Et un papa, c'est tout pour un enfant.

J'ai tout de même quelques images de lui qui me viennent en tête. Elles sont floues comme si elles avaient été photographiées derrière une vitre embuée. Je me vois jouer avec lui dans un jardin que je ne connais pas. Il y a des haies de thuyas et des chrysanthèmes. Il me pousse à la balançoire. Il fait beau. J'entends des rires d'enfants. Ce ne sont pas les miens. On dirait une publicité pour le bonheur. Ces images, je crois que je me les suis fabriquées en grande partie. Je m'en doute fortement parce que les chrysanthèmes sont les fleurs préférées de maman. À ce qu'il paraît, tout le monde se fabrique des souvenirs. Il suffit de penser très fort à quelque chose, pour que cela en devienne un. Alors, je m'en fous d'être triste. Je m'en fiche d'avoir mal. Plus tard, il me suffira de me fabriquer des faux souvenirs. Des souvenirs heureux, avec des jardins immenses remplis de chrysanthèmes. Je recouvrirai alors tous mes souvenirs douloureux d'une pluie de leurs pétales.

Mon papa, il était dans l'armée de terre. Je ne sais jamais quel grade il avait parce que ça changeait tout le temps. Papa n'était pas souvent à la maison. Il était toujours en mission. Et quand il n'était pas en mission, il était en entraînement. Moi, je n'avais pas encore de souvenirs, alors cela ne me dérangeait pas. Mais ma maman m'a dit plus tard qu'elle se sentait souvent seule. Mon père était en Afrique quand je suis né. Il n'a pas pu me dire bonjour quand je suis venu au monde. Il était encore en mission quand il est parti de ce monde. Cela a été à mon tour alors, de ne pas pouvoir lui dire adieu. Je me suis souvent demandé ce qui est le plus triste : ne pas dire bonjour, ou ne pas dire adieu ? Adieu peut-être, car on a souvent qu'une seule occasion de le faire. Mon père, il a marché sur une mine antipersonnel. J'ai demandé à maman ce que cela veut dire « antipersonnel ». Elle a réfléchi quelques secondes en levant les yeux presque plus haut que ses sourcils. Et puis elle s'est assise le dos droit sur une chaise à côté de moi et me l'a expliqué en do mineur, comme la Sonate au Clair de Lune de Beethoven. Le même ton qu'elle utilise pour expliquer toutes les choses compliquées, mais qui ne le sont pas. Le ton d'une mère qui veut protéger son enfant des atrocités de ce monde qui ne s'expliquent pas.

— Tu vois Théo, une mine antipersonnel, c'est une bombe qui ne fait pas de distinction. C'est une bombe qui n'en veut pas personnellement à telle ou telle personne. Personne n'a appuyé sur un bouton. Elle a explosé toute seule, quand papa a marché dessus. Mais je suis certaine que si cette foutue bombe avait su que c'était ton papa qui marchait dessus, je suis sûre…

Des larmes jouaient aux funambules sur la pointe de ses cils. Maman a repris une grande respiration pour ne pas pleurer.

— Je suis sûre qu'elle n'aurait pas explosé. Aucune bombe n'aurait osé emporter un homme comme ton papa.

Maman, elle trouvait toujours les mots pour réconforter. Elle aurait pu me dire la vérité. Que la bombe a déchiqueté la moitié du corps de papa. Qu'il était encore vivant quand ses collègues ont retrouvé le bon morceau. Et que ses derniers mots, ils étaient pour maman et moi. Plus je grandis, et plus je me rends compte à quel point maman m'a protégé quand j'étais petit. Pour le faire, ses mots étaient sa plus belle arme. Elle savait jouer et jongler avec eux comme personne.

Si mon papa était grand et fort, moi je suis petit et fin. Dans ma nouvelle école, on me traitait de ver de terre. Les plus cultivés, eux, me traitaient de lombric. Si on me demande lequel je préfère, alors je répondrai que j'ai une légère préférence pour le terme géodrilologique. Et puis lorsque mes camarades ont appris par la maîtresse que mon père était mort, ils ont arrêté. Des fois, j'aimerais bien qu'ils recommencent, et en échange, récupérer mon papa.

Si je n'ai pas son physique, il paraît que je lui ressemble beaucoup. Maman dit que j'ai son nez, ses cheveux et ses yeux. Ils sont verts et grands, comme deux mers d'émeraudes qu'elle dit. Parfois, papa manque beaucoup à maman. Quand il lui manque, elle fait tout le temps la même chose. Elle se recroqueville sur le canapé avec un grand verre de gin et serre un oreiller bleu blanc rouge entre ses bras. Cet oreiller, elle l'a cousu elle-même avec le drapeau qui recouvrait le cercueil de papa quand ils l'ont descendu de l'avion. Je n'ai jamais jugé maman quant à cet oreiller. Car j'avoue que moi aussi, j'aime le serrer parfois dans mes bras.

Un soir après le travail, elle est rentrée dans ma chambre. Elle avait le drapeau de papa amputé d'un grand rectangle dans une main et un verre dans l'autre. Il n'y avait presque plus ni de blanc ni de rouge. Et ce, ni sur le drapeau ni dans la cuisine. Maman a commencé à beaucoup boire après la mort de papa. Je n'ai jamais osé lui en parler, parce que je ne sais pas ce que cela fait de perdre quelqu'un dont on a des souvenirs.

Après quelques verres de gin, maman se sent toujours mieux. Je sais que c'est un bonheur éthylique, qu'en réalité rien ne va mieux. J'ai tout essayé pour la consoler quand elle était dans ces états-là. J'ai dessiné pour elle, chanté, dansé pour elle, je me suis collé à elle. Qu'est-ce qu'un enfant de dix ans peut faire de plus quand sa maman a mal ? Et puis un jour, j'ai trouvé. Je me suis souvenu que je portais le regard de papa. Je me suis dit que cela lui ferait peut-être plaisir de le revoir. Alors je lui ai proposé de jouer au jeu du regard. Et c'est ce qu'on faisait à chaque fois qu'il lui manquait. On jouait à se regarder. On s'asseyait sur le canapé face à face, et on jouait à être le dernier à dévier son regard de l'autre. Alors maman plongeait ses yeux dans ceux que papa m'a donnés. Elle regardait les deux avec la même intensité. Elle n'en avait pas de préféré. Alors je faisais attention à ne pas bouger. Même quand mes yeux piquaient jusqu'à me faire pleurer, je les laissais ouverts pour qu'elle puisse rentrer dans ses souvenirs. Quand elle y arrivait enfin, son regard changeait. Il devenait plus brillant, plus doux, plus heureux. J'espère qu'un jour quelqu'un d'autre que ma maman portera ce même regard sur moi. Ainsi, à chaque fois que mon papa lui manquait, nous restions sur ce canapé de longues minutes. Ce qui est triste, c'est qu'elle finissait toujours en larmes à la fin du jeu. Mais comme elle me disait « merci mon chéri » à chaque fois après avoir joué, je me dis que ça devait lui faire du bien.

Ma maman et moi, on vivait dans un vieil immeuble dans l'ouest de Paris. C'est grâce aux aides de l'État quand papa est mort que maman a pu louer cet appartement. Parce que je suis une pupille de la Nation, le Président est généreux avec maman. Je me demande d'ailleurs pourquoi ils nous appellent comme ça. Ils auraient pu trouver une autre partie du corps. Pourquoi pas les cheveux de la Nation ? Ils sont comme ceux des hommes. Ils poussent quand un autre tombe. Mais peut-être que là-haut, au gouvernement, ce terme aurait rappelé aux vieux fonctionnaires leurs calvities naissantes.

Avant, on vivait à la caserne où papa travaillait. Quelques semaines après sa mort, maman a préféré la quitter. C'est quand elle m'a donné son explication que j'ai entendu pour la première fois le verbe s'émanciper et l'expression « voler de ses propres ailes ». Moi, je crois que c'est le regard des autres qui était trop dur à supporter. Ça ne doit pas être non plus facile de faire le deuil de l'homme qu'on aime quand tous les jours, les trompettes qui ont joué à son enterrement résonnent dans la cour.

– Encore ces trompettes de la mort, criait-elle, à chaque fois qu'elle les entendait.

Depuis, elle n'a jamais pu en manger de nouveau.

Maman, elle était responsable de caisse. Mais elle n'était pas d'accord avec ce qu'il y avait marqué sur son contrat. Elle revendiquait haut et fort être seulement caissière. À la rentrée à l'école, j'ai dû remplir une fiche personnelle. Il était demandé en haut de la page le métier que je voulais faire plus tard. Comme maman est souvent dans la lune et que je voudrais toujours être près d'elle, j'ai mis astronaute.

Plus bas, une autre question nous demandait les métiers de mes parents. Comme je ne savais pas quoi mettre entre « responsable de caisse » et « caissière » pour maman, je lui ai demandé ce qu'il fallait que j'écrive. Elle s'est alors lancée dans de grandes explications syndicales. Elle m'a dit :

– Mon chéri. Tu vas mettre caissière, j'insiste. Il faut redescendre sur terre et appeler un chat, un chat. Ta maman, elle passe juste des articles au scanner toute la journée. Il faut qu'ils arrêtent là-haut.

Maman s'est mise à faire les cent pas dans le salon. Pas un de plus, pas un de moins. Je le sais parce que je les ai comptés et parce que maman accordait toujours de l'importance au sens des choses.

– Aujourd'hui, ils appellent n'importe qui responsable. Tu devrais voir ça ! Au magasin maintenant on est une grande et joyeuse famille de responsables ! On a les responsables de sûreté, les responsables de rayons, les responsables de surface, les responsables des ressources humaines. Et tous ceux qui sont les vrais responsables, je parle des responsables des responsables, ils se font appeler les managers. Ils sont malins eux, de ne pas se faire appeler « responsable ». Et comme il ne le sont pas, ils peuvent faire n'importe quoi. Et je t'assure qu'ils le font.

Si maman a eu beaucoup de facilité pour m'expliquer tout cela, elle a eu malheureusement beaucoup plus de mal à m'indiquer ce que je devais écrire en face de la case « métier du papa ».

— Tu fais comme tu veux, mon chéri.

Comme je ne savais pas non plus, j'ai laissé sur la feuille ce que papa m'a laissé dans ma vie, un grand vide.

La tempête

Maman a été très forte après la mort de papa. Il paraît qu'elle n'a même pas pleuré à son enterrement. Les jours suivants, les familles de la caserne se sont relayées dans notre appartement de fonction pour ne pas la laisser seule. La solitude est le meilleur allié des souvenirs, surtout des plus douloureux. Toutes ses amies lui proposaient de l'aide ou lui apportaient à manger : des gâteaux, des quiches, des tartes, des brioches… je crois que je n'ai jamais autant mangé qu'après la mort de papa. Comme maman ne se nourrissait presque plus, elle me laissait souvent sa part.

C'est lorsque nous sommes partis de la caserne que maman a commencé à ne plus être normale du tout. Nous avons déménagé dans la banlieue de Paris, dans un immeuble de huit étages. On habitait à peu près au milieu. C'est compliqué de dire à quel étage précisément parce qu'ils se ressemblaient tous. Seuls les paillassons de portes changeaient parfois d'un étage à un autre. C'est comme ça. Tout le monde veut être différent de son voisin. Cela commence généralement par le paillasson de porte. À force de monter et descendre les étages, j'ai d'ailleurs été bilingue très tôt. J'ai su dire « bienvenue » et « maison » en anglais. Ces paillassons étaient moins chers que ceux écrits en français. Le fabricant n'avait pas à payer les frais de traduction.

L'immeuble dans lequel nous avons emménagé était un gros bloc de béton des années soixante. L'avantage, c'est qu'il était facile à dessiner : un grand rectangle, avec d'autres pour les portes et d'autres encore plus petits pour les fenêtres. Concernant les couleurs, l'architecte est resté sur cette même fantaisie. Il a mis du gris pour les murs, un autre plus clair pour les portes, et un autre plus clair pour les fenêtres. Il ne voulait pas mettre de blanc, ses confrères l'auraient traité d'artiste. Par contre en tant qu'avant-gardiste, il a choisi un rouge vif pour les portes des appartements. Malgré leurs couleurs pétantes, aucune n'a explosé. Au pied de l'immeuble se trouvait une seule boutique : celle d'un serrurier. Mais comme personne ne perdait ses clés dans le quartier, il a dû mettre la sienne sous la porte. Une banque a pris le relais, elle a depuis le pognon sur rue. Les gens y vont souvent pour faire des doubles de leurs billets ou en demander de nouveaux lorsqu'ils les perdent.

C'est après notre emménagement que maman a commencé à boire. Elle buvait tellement qu'elle buvait même quand elle n'avait pas soif. Archimède vous le dira mieux que moi. Si on le prend à la lettre, on peut théoriquement noyer un chagrin dans n'importe quel liquide. Ma maman aurait pu le faire avec de l'eau ou avec du jus d'orange. Mais elle a choisi de le faire avec l'alcool. Je n'étais encore qu'un enfant, mais un jour j'ai pris mes responsabilités et je lui ai demandé pourquoi ce choix. Elle m'a répondu que l'alcool, ça se pleure mieux.

Oui parce que maman, elle s'est mise ensuite à pleurer presque tout le temps. Il n'y a rien de plus douloureux, mais aussi de plus beau que des larmes d'amour. C'était tellement émouvant que je n'osais jamais l'interrompre. Il suffisait qu'elle croise une photo de papa pour s'effondrer en larmes. Le souci, c'est qu'il y avait des photos de papa dans toutes les pièces de l'appartement. Alors chaque jour, je tournais les cadres de quelques degrés vers les murs. Histoire qu'elle s'habitue à ne plus le voir sans même s'en apercevoir. Mais même quand j'ai réussi à dévier tous les regards de papa sur les murs, maman pleurait toujours autant. Elle pleurait tellement qu'une flaque de larmes est apparue dans le salon. Au début, c'était juste une minuscule pellicule d'eau salée qui s'écoulait entre les lattes du parquet. Il n'y avait pas de quoi s'inquiéter. Mais au fil des jours, la flaque a commencé à grandir. Elle grandissait tellement qu'elle faisait le tour du canapé. Au début, j'arrivais à l'enjamber pour m'asseoir dessus, à garder les pieds au sec. Mais cela n'a pas duré longtemps. Même si c'était très minime, la flaque grossissait de jour en jour. En tant que pupille de la Nation, j'avais l'œil pour voir ces choses-là. Les meubles les plus légers se sont mis à se soulever et le parquet à flotter. Le propriétaire n'allait pas être content. Il venait juste de refaire le parquet flottant.

Maman appelait sans cesse le numéro de papa. Je me demandais pourquoi parce que même moi je savais que jamais les gens décédés ne répondent au téléphone. Ils sont sans doute trop occupés à faire le mort. À chaque fois, c'était pareil. Elle composait son numéro, mettait son téléphone contre son oreille gauche comme un coquillage pour écouter le son de la mer et raccrochait subitement. Maman ne prenait jamais la peine de laisser de message. Comme je ne comprenais pas, un jour, quand maman dormait, j'ai pris le téléphone et j'ai appelé. C'est à cet instant précis que j'ai compris.

— Bonjour. Vous êtes sur le répondeur de Camille. Laissez un message après le bip.

Mon cœur il a sursauté et mon sang n'a fait qu'un tour. Aussi grand que le tour de France. C'était la voix de mon papa. Il paraissait si vivant. On aurait dit que c'était lui qui parlait de l'autre côté du combiné. Je me souviendrai toujours de sa voix, de son souffle. Quand je me concentre, je peux encore le sentir sur mon oreille. Ces quelques mots résonnaient comme des prières dans le cellulaire. Après son annonce d'absence, un dernier bip a sonné. J'ai été pris au dépourvu. Je n'étais pas prêt à lui parler, pas comme ça.

— Bonjour, papa, j'ai commencé à dire, sans savoir si là où il était dans le ciel, c'était encore le jour ou déjà la nuit.

Je lui ai dit qu'il manquait beaucoup à maman. Qu'elle allait mal, que je n'arrivais pas à la rendre heureuse, et qu'elle avait besoin de lui. Je l'ai supplié pour qu'il revienne. J'en ai même chialé. Ce n'est pas facile de dire à un papa qu'on n'a jamais connu qu'on l'aime. J'ai tellement chialé qu'un autre bip m'a arrêté. Il n'y avait plus de place dans sa messagerie vocale pour plus de larmes. Les opérateurs les limitent, pour ne pas qu'elles débordent.

Maman m'a dit bien plus tard que c'est en écoutant mon message, qu'elle a décidé de ranger ce téléphone. En arrêtant de payer son forfait téléphonique, maman a libéré la voix de papa qui était enfermée dans cette boîte vocale. Et comme après avoir libéré de sa cage un oiseau qu'on a aimé, ses chants lui ont beaucoup manqué.

Maman passait ses journées en peignoir devant la télé à pleurer. Elle regardait tout ce qui y passait. La plupart du temps, c'était une vieille série romantique américaine. Ces séries sont faciles à reconnaître. Les acteurs regardent toujours par la fenêtre quand ils s'adressent à quelqu'un qui se trouve pourtant derrière eux. Je ne sais pas comment faisait maman pour suivre. C'était très compliqué. À chaque nouvel épisode, tout le monde se mettait à aimer quelqu'un d'autre. Ils devaient le faire exprès parce qu'un épisode ne durait rarement plus de trente minutes. Je me souviens juste qu'au dernier d'entre eux, l'actrice principale a eu un coup de foudre pour un vendeur de paratonnerres. Chaque matin, je vérifiais cependant sur le programme télé qu'aucun film de guerre n'était programmé. Ça l'aurait bouleversée. Par précaution, j'ai même changé de chaîne quand ils ont diffusé la Guerre des boutons.

À force de regarder la télévision, maman n'a pas échappé aux émissions de téléshopping. Un matin, elle m'a demandé de lui apporter le téléphone en faisant attention de ne pas tremper le fil dans l'eau qui stagnait au pied du canapé. Elle s'est mise alors à acheter tous les articles qui passaient au télé-achat. Le livreur venait tous les jours pour livrer une quantité d'articles aux fonctions aussi farfelues qu'inutiles. Nous nous sommes fait ainsi livrer un aspirateur sans fil et sans sac, il n'en restait presque rien. Mais aussi un découpeur de parts de tarte au chocolat, des bagues de Tanzanite aux pouvoirs divins, un enrouleur de bigoudis, un balai vapeur qui enlève la salmonelle, un découpe-légumes qui fait des frites de légumes, mais sans le goût des frites et un appareil d'électrostimulation qui muscle sans effort. Il y avait aussi des tas de pilules pour faire maigrir, des plats « minceur » appauvris en tout sauf au niveau du prix. Les pilules ont très bien fonctionné sur le facteur. Il a fait tellement d'allers-retours dans les escaliers que le malheureux a fondu comme ce que la dame promettait à la télé. Quand on recevait les colis, maman ne prenait même pas le soin de les ouvrir. La plupart du temps, elle avait déjà même oublié les avoir commandés.

— Pose-le dans ma chambre, mon chéri s'il te plaît. Je l'ouvrirai plus tard, me disait-elle souvent en train de pleurer sur le canapé.

Mais plus tard n'est jamais venu. Maman continuait de pleurer et moi d'empiler carton sur carton le long des murs de sa chambre, dans ses armoires, sous son lit, et pour les plus petits, sous son oreiller. J'étais en train de m'affairer à ranger un serre-tête gonfleur de cheveux quand tout à coup, plus rien. Le silence. Maman avait arrêté de pleurer. J'ai couru dans le salon. Je l'ai trouvée immobile, en train de fixer la télévision. J'ai soulevé les bas de mon pantalon pour ne pas les mouiller et je l'ai rejointe sur le canapé.

— Ça va, maman ? que je lui ai demandé en lui tenant le bras.

— Oui, mon chéri. Tu savais toi que la femelle crocodile peut choisir le sexe de ses enfants en enterrant plus ou moins profondément ses œufs ? Ils ont aussi dit que le lait d'hippopotame est rose.

À l'écran, des affrontements entre gangs de suricates faisaient rage. Maman était tombée sur un reportage animalier. Sans que je ne sache pourquoi, regarder la migration des manchots empereurs ou les saumons remonter les fleuves gelés d'Alaska lui changeait les idées.

Le souci avec les documentaires animaliers, c'est qu'ils ne sont diffusés presque que la nuit. C'est sûrement dû à une revendication des acteurs principaux. Le jour, les enfants sont infernaux. Si j'étais un diable de Tasmanie ou un tigre de Sibérie, je n'aimerais pas qu'une proie me file entre les pattes à cause d'un téléspectateur trop bruyant. La chasse, c'est du sérieux. Alors toutes les nuits, je me levais sans un bruit. Sur la pointe des pieds pour ne pas gêner les animaux dans leurs quêtes de restauration, j'allais jusqu'au poste de télévision. J'évitais avec soin la flaque de larmes pour ne pas glisser. Je mettais le bon canal et j'enregistrais les émissions animalières. Maman dormait parfois sur le canapé. Mais je ne la réveillais pas. Elle avait un sommeil de plomb. Et comme elle était aussi légère qu'une aile d'hirondelle au printemps, le sommeil gagnait toujours sur elle. La journée, je mettais le magnétoscope sur « *play* » et durant des jours entiers, maman a regardé les traversées des gnous à travers les steppes tanzaniennes, les migrations des cygnes de Bewick, les danses nuptiales des paradisiers superbes, la remontée des dauphins roses du fleuve de l'Amazonie, les voyages des derniers éléphants du désert. Au bout de quelques jours, la flaque d'eau s'était totalement résorbée. De son évaporation restaient seulement sur le sol quelques cristaux de sel, qui brillaient comme des diamants.

Avant que je ne m'endorme, maman venait souvent dans ma chambre me souhaiter bonne nuit. Elle puisait dans ce qu'elle avait vu dans la journée, pour me le raconter. Ce soir-là, maman m'a décrit les techniques de séduction des oiseaux de paradis.

– Il prépare tout d'abord le terrain en enlevant chaque feuille morte. Puis il se place au centre, gonfle ses ailes et entame seul une danse de jazz totalement déjantée. Il tourne la tête en avant, en arrière, fais trois pas à gauche, trois à droite.

Tellement prise par sa propre histoire, maman s'est levée et a imité la chorégraphie de l'oiseau paradis. Elle levait les bras, tournait sur elle-même à m'en donner le tournis ! Quand elle s'est rassise au bord de mon lit, je lui ai demandé quel était son animal préféré. Elle a gonflé sa joue droite puis sa gauche, a regardé le plafond avant de me répondre :

– Les baleines.

– Les baleines ! Mais pourquoi, maman ?

– J'aime juste voir ces titans des mers s'envoler lourdement dans l'infini des abysses. Mais ce que je préfère par-dessus tout, ce sont leurs chants. Tu as déjà entendu leurs chants ?

— Non, maman. Jamais.

— Ce sont les plus beaux qui résonnent dans ce monde. Ils font vibrer les océans, remontent à la surface des mers comme autant de caresses.

Maman a approché ses lèvres contre mon oreille. Elle a pris une grande respiration et a entamé leurs chants. Ce soir-là, c'est dans cet océan de douceur, que je me suis endormi.

La nuit d'après, alors que je venais de lancer l'enregistrement d'une émission sur la terre des lionnes blanches, le magnétoscope s'est arrêté. Impossible de le redémarrer. La bande de la cassette s'était coincée à l'intérieur. Dès le lendemain, la flaque d'eau est réapparue de plus belle. J'avais beau imiter le bruit du lion, la démarche du gorille, me peindre le visage pour ressembler à la chouette tachetée du Mexique, lui raconter des histoires sur les animaux. Rien n'y a fait.

— Tu sais, maman, que les femelles manchots se prostituent en échange de cailloux dont elles se servent pour fabriquer leurs futurs nids.

Maman s'est alors remise à pleurer. Elle ne s'arrêtait plus. Deux cascades de larmes coulaient au bord de ses yeux. La flaque est devenue une mare. Les chaises, la table, les armoires, tous les meubles flottaient. Seul le lourd canapé amarré au sol par son poids résistait à la marée.

Sa tristesse a atteint rapidement la cuisine, a remonté le long du couloir et s'est dirigée vers nos chambres. J'ai eu à peine le temps de fermer la porte de celle de maman et ainsi sauver les cartons du télé-achat.

Dans le salon, nous n'avions cependant presque plus pied. Alors pendant toute une après-midi, maman et moi, nous avons construit un énorme bateau en papier. Une fois terminé, nous l'avons mis à l'eau. Il flottait comme un vaisseau dans l'espace au milieu d'une galaxie d'objets. Nous nous sommes ensuite réfugiés dedans, le temps que la marée descende.

Comme on n'avait rien prévu pour écoper, maman a arrêté de pleurer. Elle ne voulait pas faire chavirer l'embarcation. Elle savait que j'avais loupé à l'école de nombreux cours de natation. Alors qu'on flottait au milieu du salon dans notre radeau de fortune, maman a essayé de me dire qu'elle était désolée, qu'elle ne voulait pas me faire souffrir. Mais comme elle n'y arrivait pas, qu'elle avait trop honte sûrement, elle m'a simplement serré dans ses bras. J'ai senti sa poitrine contre ma joue. Sous sa peau aussi fine que la coque de notre navire, son cœur battait aussi fort qu'un marteau piqueur. Et durant toute l'après-midi, elle a glissé ses doigts dans mes cheveux et les a caressés. J'ai compris alors tout ce qu'elle ne me disait pas. C'est fou comme deux bras autour de soi, même aussi larges que deux ronds de serviette, font du bien. J'ai failli en chialer et nous faire chavirer tellement c'était bon. Nous sommes ainsi restés dans ce radeau, jusqu'à voir à l'horizon des jours plus beaux.

Une fois la tempête passée, maman a pris une résolution pour ne plus inonder le salon. Elle s'est mise à retenir ses larmes dans des mouchoirs en papier. Elle en prenait un, effaçait quelques larmes et en reprenait un autre, pour chaque nouveau frisson. Très vite, le sol est devenu un véritable champ de coton. On ne pouvait même plus voir les lattes du parquet. Au début je les ramassais. Mais à peine j'arrivais au dernier, que je pouvais déjà tout recommencer. Le chagrin de maman était si profond, qu'il donnait du coton en constante floraison. Comme il n'était plus possible de se repérer dans l'appartement, j'ai tracé avec un balai des allées sur le sol. Mon système était très étudié. J'ai pensé au sens de circulation, aux voies de stationnement.

Les tempêtes de chagrin faisaient souvent rage la nuit. Certains matins, j'avais du mal à retrouver maman dans l'appartement. Ses empreintes sur le sol avaient déjà été recouvertes par une nouvelle tempête.

Le plus dangereux, c'est quand maman passait trop de temps dans la même pièce. Ses mouchoirs s'amoncelaient pour former de véritables pyramides. Leurs sommets touchaient souvent le plafond. Il fallait alors faire attention aux éboulements quand on passait à côté. Le risque d'avalanche était très fort. Je n'avais pas envie d'être enseveli à mon tour sous une montagne de chagrin. Un soir de grande tempête, on a construit avec maman une cabane au milieu du salon pour se protéger. On a enfoncé dans le parquet une serpillère et un balai. On a ensuite tendu un grand drap par-dessus. On a installé plein de coussins à l'intérieur et une guirlande électrique pour qu'on puisse nous voir dans la nuit. Autour de nous, il n'y avait que l'immensité des flancs enneigés du salon à perte de vue. C'est dans cette cabane coincée entre la table et le canapé, que nous nous sommes cachés. On a passé la nuit à imiter le chant des baleines, à s'imaginer des cigognes blanches voler par-dessus des prairies de chrysanthèmes. Maman m'a ensuite raconté des histoires qu'elle avait apprises durant des semaines à la télévision. Et puis je me suis endormi, les bras de maman comme seul oreiller.

La nuit a été paisible. Au petit matin, la tempête était passée.

L'éclaircie

Maman faisait parfois tellement bien semblant d'aller mieux que même la vérité s'y méprenait. Quand je me suis réveillé dans la cabane, maman n'était plus là. J'ai d'abord pris peur. Et puis j'ai vu… j'ai vu les rayons du soleil transpercer la toile de notre cabane. J'ai vu les silhouettes des nuages flotter sur les draps comme des ombres chinoises. J'ai regardé ces formes danser. Et puis j'ai entendu maman depuis la cuisine qui chantonnait. Il y avait aussi un tas de bruit d'instruments de cuisine. C'était comme un orchestre culinaire. Des cuillères contre les casseroles pour les cuivres, un couteau sur une planche à découper pour les bois, un batteur pour les percussions. Maman était une fabuleuse chef d'orchestre.

Et puis j'ai senti une odeur. Je me souviens très bien, c'était une odeur d'œufs brouillés. Je n'ai pas pu résister. J'ai soulevé l'entrée de la cabane. À ma grande surprise, il n'y avait plus de torrents de larmes, plus de chemins enneigés, plus de montagnes à escalader. Juste ce petit salon, immensément vide. Maman avait passé la nuit à nettoyer l'appartement, à faire fondre les glaciers, à assécher les rivières, à moissonner les champs de coton. Le salon paraissait si grand maintenant. Maman avait vidé sa chambre. Elle avait descendu un à un tous ses cartons à la cave. Elle voulait prouver ainsi à sa folie qu'elle n'était plus son esclave.

Comme si rien ne s'était passé les semaines d'avant, maman est sortie de la cuisine avec deux assiettes fumantes. Sur la table du salon, il y avait du jus d'orange, des croissants, des fruits de toutes les couleurs, des céréales et du lait. Un énorme bouquet de chrysanthèmes trônait en son milieu. Elles étaient comme un symbole pour elle. Elles avaient résisté à son hiver.

— Bonjour, mon chéri. Tu as bien dormi ? me dit-elle simplement en passant.

Je crois que je n'ai jamais vu ma maman aussi belle que ce matin-là. Elle avait recouvert son corps encore très mince d'une longue robe blanche qui tombait jusqu'à ses chevilles. Elle avait mis des bracelets autour de ses poignets, attaché ses longs cheveux châtain clair en arrière et s'était même maquillé le bord des yeux. Sa peau était claire et lisse comme un voile. Je ne sais pas à quoi ressemble un ange. Je n'ai jamais été ressuscité. Mais je pense que maman, elle n'était pas très loin d'en être un ce matin-là, un ange.

— Je nous ai préparé un petit déjeuner. J'espère que tu as faim !

Bien sûr que j'avais faim. J'étais comme un ours ayant une faim de loup après avoir hiberné tout l'hiver. Je me suis assis en face d'elle. Je ne savais pas quoi lui dire. Comme avec papa au téléphone, je n'étais pas préparé. La vie des fois elle nous prend par surprise. Alors je suis resté sur ma chaise à la regarder. Je voulais en profiter au cas où tout cela s'arrête d'un coup comme l'enregistrement du reportage animalier quand le magnétoscope est tombé en panne.

— Allez, mange, m'a-t-elle simplement dit en se saisissant d'un chausson aux pommes.

Je ne savais même pas par quoi commencer. L'escargot aux amandes me tentait, mais son voisin le millefeuille aussi. C'est à ce moment-là, à l'instant où j'allais choisir l'escargot que mes mots sont sortis.

— Mais il y en a pour tout un régiment, que je lui ai dit.

En prononçant ces mots, je me suis rendu compte de ma bourde. Je n'avais pas envie de lui faire penser à l'armée, à la guerre, aux mines qui n'aiment pas se faire marcher dessus. De toute façon personne n'aime se faire marcher dessus. Je ne voulais plus lui faire penser à papa. Pas ce matin-là. J'ai mis tout de suite mes deux mains devant la bouche pour essayer de retenir les derniers mots. Mais c'était trop tard. Ils étaient tous déjà sortis.

— Pardon, maman, je lui ai dit d'une voix camouflée.

D'abord il y a eu un silence. Et elle s'est levée, a fait le tour de la table et s'est approchée de moi.

– Maman va mieux ne t'en fais pas, mon chéri, elle m'a juste dit avant de m'embrasser sur le front.

Pour être sincère, j'avais du mal à la croire. Mais j'en avais tellement envie que j'ai fini par le faire. Il y avait tellement à manger sur cette table que cela nous a pris toute la journée. Comme il était tard, après le repas, nous nous sommes recouchés dans la cabane. Comme tous les soirs avant de m'endormir, j'avais une grosse boule au ventre. Mais pour la première fois, c'était uniquement une boule d'escargots aux raisins, de chaussons aux pommes et de mille-feuilles.

Je n'avais jamais vécu une vie normale avant. Et je dois dire que c'est sacrément agréable de vivre normalement. Maman s'est mise à s'habiller de ses plus belles robes. Elle se changeait même plusieurs fois dans la journée, pour être assortie à la lumière du jour et aux lueurs du soir. Sa garde-robe ne protégeait plus aucun vêtement des assauts de maman. Chaque matin je courais dans le salon pour la voir encore plus belle. Elle était parfois même plus belle que la beauté elle-même. Maman a repris du poids. D'une brindille de paille, elle est passée au statut de plume.

Maman travaillait au supermarché d'à côté. Elle était si belle, que tous les clients se pressaient à sa caisse. Elle passait tous les articles avec la même délicatesse et rendait la monnaie, toujours avec la même justesse.

Maman m'attendait toujours à la sortie de l'école. Elle m'a appris à faire de la bicyclette. Je tenais le guidon et maman s'occupait du reste. Elle courait derrière moi, ajustait mon assiette et me laissait dévaler les pentes du quartier. Lancé du haut de la butte, j'ai entendu « Freine mon chéri », avant de m'écraser comme une omelette contre une camionnette.

C'était du maman tout craché. Elle m'apprenait à avancer, mais jamais à m'arrêter. Après plusieurs tentatives, ma technique était très toujours aussi approximative. Mais pour me faire plaisir, maman me disait que j'étais le roi de la petite reine.

Maman m'a emmené faire du cheval. Elle me regardait affolée en haut de mes étriers, et faisait l'âne à côté pour me rassurer. Maman m'a emmené à la piscine municipale pour que j'apprenne à nager. Du haut de sa chaise à talons, le maître-nageur ne rêvait que d'une chose : voir maman se noyer pour pouvoir la sauver.

Un autre soir on est allé au cinéma. J'ai laissé maman manger tous les pop-corn. Un autre encore, maman m'a emmené à la fête foraine. Perchés en haut des montagnes russes, maman n'en a même pas profité, pour essayer l'alcool local. Entre deux attractions, elle m'a acheté une barbe à papa. Je l'ai regardée surpris. À cause de l'armée, papa ne portait pas de barbe. Et c'est à cet instant que j'ai su que maman était guérie.

Maman s'est fait des nouveaux amis parmi ses collègues du supermarché. Ses préférés étaient Jean et Marjolaine. Elle les invitait dîner. Parfois ils se mettaient à parler en adulte, pour pas que je comprenne. Les soirs de mauvais temps, on restait à la maison. On se dessinait au crayon, on faisait des bulles de savon et des concours d'avions en papier depuis la fenêtre.

La vie était devenue si belle que j'en étais presque triste. Triste de pouvoir la perdre à nouveau.

Maman m'aidait chaque soir à faire mes devoirs. Et après on cuisinait ensemble. On a inventé des recettes par dizaines comme la tarte à la patate fourrée aux asperges, les escalopes de poisson pané au miel, la soupe à la purée d'artichaut. Toujours avec leur consentement, on mariait les saveurs. On inventait des nouveaux goûts. Mon préféré était le « sacré sulé ». On changeait la couleur des cordons bleus, l'origine des choux de Bruxelles, la taille des petit-pois. Maman et moi, on adorait goûter les plats qu'on était en train de cuisiner. Maman disait qu'en cuisine toutes les bonnes choses ont une faim. Elles tombaient toujours sur les nôtres. On les goûtait tellement qu'il n'en restait jamais plus quand ils étaient censés être servis. Comme il n'y avait jamais plus rien à manger, maman n'a plus trouvé d'utilité à la table du salon. Elle l'a ainsi descendue à la cave afin de nous laisser plus de place pour danser après le dîner.

Elle se déliait les cheveux et les balançait sur le rythme de la musique. On criait. On riait. On imitait le chant des baleines, sans raison. Ou avec l'unique de savourer chaque instant. J'ai eu la chance de vivre cela avec maman. C'est toujours difficile de s'apercevoir quand on est heureux. Car le bonheur, ça ne fait pas mal. On ne sent presque rien quand on est heureux. On l'est juste. Alors que quand on est malheureux, on a mal. Et ça, on s'en souvient. C'est sûrement pour s'en protéger. On devrait plus se protéger du bonheur. Car lui aussi il peut faire mal, quand il n'est plus là. Je me demande souvent quand tout ce bonheur, aussi fragile qu'un ange en porcelaine, a volé en éclat.

Les articles du télé-achat

Ce que je redoutais tant est arrivé. L'été s'est terminé avec la saison des fêtes foraines, les fermetures des piscines extérieures et des magasins de glaces. Alors que ni moi ni maman ne l'avions convié, l'automne s'est quand même invité. Le ciel s'est maquillé. J'ai regardé les feuilles tomber des arbres sur notre bonheur. J'ai bien essayé de les rattraper avant qu'elles ne l'atteignent, mais je n'ai pas réussi. Il y en avait trop. Elles ont fini par totalement le recouvrir.

Maman s'est remise peu à peu à boire. Au début c'était un verre de rouge pour accompagner le fromage à la fin des repas. Puis elle s'est mise à manger du fromage à toute heure, tout le temps, pour accompagner tous ses verres de rouge. Maman ne m'aidait plus pour mes devoirs. À part en géographie. Elle était incollable sur les régions de France, tout du moins toutes celles qui produisent du vin.

Pour m'épargner, et sûrement par honte, maman ne voulait pas que je la voie replonger. Alors pour boire, elle se cachait derrière les rideaux ou sous le canapé. Parfois, elle s'enfermait de longues heures dans les w.c. Elle en ressortait totalement éméchée. Elle cachait ses bouteilles dans le réservoir de la chasse d'eau. Je l'ai remarqué quand un jour, j'ai tiré la chasse, et que du Bordeaux en est sorti. Maman buvait souvent la nuit en secret. Je me réveillais au son des « plop » du tir bouchon. Le matin, elle faisait encore tout pour me le cacher, comme boire son vin dans sa tasse à café.

– C'est juste une tisane, mon chéri.

Je faisais semblant de la croire. Mais ça me faisait mal. Mes papillons dans le ventre ont fini par s'envoler un par un. J'ai attendu les tempêtes de neige, les déluges, et les torrents de larmes. Je ne savais pas si je trouverais encore la force de ramer à contre-courant. Mais cette fois-ci, les rivières et les rapides ne sont pas venus.

Cela a été encore pire.

Nous étions en train de cuisiner notre nouvelle recette : une tartiflette au cassoulet. À travers la vitre, je pouvais voir les haricots blancs se noyer dans le fromage coulant. C'était comme une piscine de fromage dans laquelle j'avais envie de plonger tout entier.

– Pousse-toi, mon chéri, je vais vérifier la cuisson.

Maman a ouvert le four, a planté une fourchette, a saupoudré de poivre puis l'a refermé. En remontant la vitre, le poivre m'est monté au nez. J'ai éternué.

– Ça ne va pas, mon chéri ? m'a-t-elle dit, paniquée. Tu dois faire une allergie. Je me disais bien. J'ai vu une émission sur les acariens ce matin.

Maman s'est mise tout à coup à courir dans la cuisine, agitant les bras pour chasser des mouches qui n'existaient pas. Je peux dire que la panique, c'est sacrément contagieux. Alors comme je ne savais pas comment réagir, je me suis mis à avoir peur moi aussi.

– Tu sais qu'ils ne résistent pas à l'altitude. Ils ont beaucoup de mal à survivre au-dessus de mille cinq cents mètres. C'est apparemment à cause de la température. Mais ce n'est pas l'acarien en lui-même qui est allergène, mais ses déjections.

Elle n'arrêtait pas de parler, sans que je puisse l'arrêter. Je voyais la folie dans ses yeux. Elle était juste là, à quelques centimètres de moi, sans que je puisse la lui enlever.

– Et il peut y en avoir cinq mille dans un seul grain de poussière. Alors imagine le nombre de déjections. Je suis sûre que ce sont les acariens. Prends une douche immédiatement. Je vais de suite désinfecter tous tes vêtements. On va jeter ton oreiller et ta couette. Ils doivent être eux aussi infestés.

Moi, je ne savais pas ce que c'était les acariens. Peut-être des cousins des bons à rien. J'ai fait alors preuve de pragmatisme. On habitait au cinquième étage, avec une hauteur de trois mètres par étage, et une altitude de cent mètres au-dessus du niveau de la mer. C'est là que j'ai vraiment paniqué. Il nous manquait beaucoup de hauteur pour pouvoir être épargnés par ces monstres. Maman avait sûrement raison.

Le lendemain, afin d'en finir, maman est descendue à la cave. Elle en est remontée avec l'aspirateur sans fil « Absolute Invictus pro X2 » acheté au télé-achat. Elle s'est mise à tout nettoyer. Elle aspirait l'appartement centimètre par centimètre. Je n'aurais pas voulu être un acarien. Comme on ne s'entendait plus avec maman à cause du bruit du siphon, on s'est mis à crier. Les seuls moments durant lesquels nous pouvions parler, c'était quand l'aspirateur se chargeait. Notre appartement n'était pas grand, mais maman trouvait toujours quelque chose à aspirer. Quand elle eut fini d'aspirer tous les sols, les murs et les plafonds, elle s'est attaquée aux objets. La dame du télé-achat ne mentait pas. Rien ne lui résistait. Le roi sur l'échiquier a ainsi disparu de son royaume. Un cavalier en a profité pour faire un putsch. Ça a rendu fou la reine. Maman agitait l'appareil dans tous les sens. Elle a aspiré quelques visages sur les photos de famille. Mais a pris soin d'épargner celles de papa. Elle s'est ensuite attaquée à la bibliothèque. Elle a ouvert les pages de chaque livre et a aspiré chacun des mots. L'aspirateur sans fil était si performant qu'il a aspiré des pages entières de certains livres.

— Tiens, mon chéri, m'a-t-elle dit en m'en tendant quelques-uns. Ça te fera de parfaits cahiers de coloriage.

Quand je lui ai répondu qu'ils étaient trop petits pour que je puisse dessiner dessus, elle est partie dans les tours.

— Comment ça trop petits ! Tu es un enfant bien privilégié je trouve. Je ne connais pas beaucoup de garçons de ton âge qui ont des cahiers de coloriage, préfacés par Vian, Giono ou Bordage.

Quand l'appartement fut enfin nettoyé, maman s'est mis en tête de tester tous les produits qu'elle avait achetés au télé-achat. Maman a couru dans les escaliers. Elle est tout d'abord remontée de la cave avec un petit carton.

— Nous allons commencer par la découpeuse de tranches à tarte au chocolat, m'a-t-elle dit, inspirée.

Afin de la tester, maman s'est mise à cuisiner des tartes au chocolat par dizaines. Durant des jours nous avons mangé des fondants au chocolat comme entrée, pour seuls plats des charlottes au chocolat et en dessert, maman nous réservait toujours du cake au chocolat. Heureusement que maman l'accompagnait de crème anglaise pour se rafraîchir un peu.

Comme je n'avais plus d'oreiller à cause des acariens, maman m'a confectionné un moelleux au chocolat pour le remplacer. Il était si confortable que je me suis mis à rêver toutes les nuits de forêts noires. Quand maman a décidé que la découpeuse de tranches avait été assez utilisée, elle courut dans les escaliers chercher un autre carton. Durant plusieurs jours, elle utilisa les bigoudis à boucles instantanées. Comme elle n'avait qu'une paire de cheveux et qu'ils étaient déjà tous bouclés, elle utilisa la machine pour boucler les poils du tapis, les poils du balai, et même les poils de Moustache, le chien du voisin du dessous. Le pauvre monsieur Sarda n'a jamais compris comment son toutou avait subitement pris l'allure d'un mouton Texel.

Quand elle n'a eu plus rien à boucler, elle s'est approchée de moi et m'a demandé si je voulais essayer. Comme je ne voulais pas la vexer, j'ai accepté. Mes cheveux ont fait alors comme un feu d'artifice.

Puis maman s'est lancée dans un vaste programme de musculation. Elle remonta de la cave la ceinture d'électrostimulation « Form Gym Plus ». Elle disait vouloir les cuisses et les fesses aussi toniques que ses gins. Alors elle passait des heures par jour branchée sur secteur avec des électrodes des pieds aux membres supérieurs. Maman avait acheté des rallonges, pour pouvoir se mouvoir dans tout l'appartement, sans même arrêter ses séances d'entraînement.

Ce qui était triste, c'est que je ne pouvais plus lui faire de câlins, sans le risque de me prendre une décharge électrique.

Au début, ça m'a fait beaucoup rire de la voir trembler comme une plaque tectonique. Sa langue pendait et ses yeux s'ouvraient et se fermaient de façon désordonnée. Je voyais que ce n'était pas bon pour sa santé. Elle tremblait tellement, que je n'arrivais même plus à la comprendre. Elle était prête à continuer jusqu'à avoir les tablettes de chocolat noir de la dame qui en faisait la démonstration à la télévision. Mais ne pouvant plus tenir un verre de gin dans la main sans le renverser, maman a heureusement décidé d'arrêter.

Après avoir testé une infinité de produits, maman s'est vite ennuyée. Elle s'est alors mise à sortir dans des discothèques. Maman m'a dit que ce sont des boîtes qui emprisonnent la nuit jusqu'au matin. Elle m'a dit que ce sont des endroits fantastiques où les whiskies sont sourds, les Russes blancs et les Cubains libres. Maman n'y allait jamais en voiture. Elle prenait toujours un TGV pour y aller, à base de tequila de gin et de vodka.

Tous les matins qui suivaient ses sorties crépusculaires, un nouveau monsieur prenait place à notre table pour le petit déjeuner.

Maman me disait que c'était souvent au supermarché qu'elle faisait son marché. Elle les sélectionnait à sa caisse en fonction de leurs paniers avant de les inviter le soir à danser.

– Tu sais mon chéri, on peut savoir beaucoup de choses sur un homme en regardant le panier de ses courses. Par exemple des croquettes pour chien et de la bière, c'est qu'il vit encore chez sa mère. Du saumon fumé, des cœurs d'artichaut et une bouteille de liquoreux, c'est un peu trop précieux.

Maman a ainsi ramené à notre table un menuisier qui avait la gueule de bois, un juge allergique aux avocats, un chef d'orchestre qu'elle menait à la baguette, un serveur qui a mis les pieds dans le plat en demandant où était mon papa, et un électricien qui n'était pas courant que papa s'était fait sauter. Tous me parlaient comme à un enfant, en commençant leurs phrases par « Et alors » ou en me nommant à la troisième personne « il fait quoi à l'école ». Ils me demandaient aussi ce que je voulais faire plus tard quand je serai grand. Mais en les voyant, cela ne me donnait nullement envie de le devenir. Tous faisaient semblant de s'intéresser à moi pour plaire à maman. Sauf un. C'est vite devenu mon préféré, et heureusement, celui de maman aussi.

La première fois que je l'ai vu, il est resté silencieux tout le long du petit déjeuner. Son prénom semble tout droit venir du Quartier latin : Marcus. Il était très intimidé par ma présence. J'ai vu qu'il était différent de tous les autres dans le regard de maman. Il portait un bonnet de docker de couleur verte comme le chapeau de Peter Pan. Au-dessus de sa bouche, il avait une fine moustache qui souriait. Elle rebiquait légèrement sur les côtés. Une barbe également rasée de très près recouvrait le reste du bas de son visage. Il avait des yeux noirs nacrés comme deux perles pêchées au fond des océans et de grands cils pour les protéger des regards envieux qui voulaient les voler. Marcus portait ce matin-là un pull en laine. Mais je pouvais deviner qu'il était grand et mince. Il avait les oreilles décollées et des petits anneaux en or accrochés sur chacun de ses lobes. Ce dont je me souviens le plus, c'est son tatouage. Un énorme tatouage. Son cou était totalement recouvert d'un oiseau qui déployait ses ailes de part et d'autre de sa gorge. L'hirondelle semblait, à chacun de ses mouvements, s'envoler de son épiderme. Au petit déjeuner, maman l'a tellement dévoré des yeux, que même avant de commencer à manger, elle n'avait déjà plus faim.

Quand je lui ai demandé ce qu'il faisait comme métier, il m'a répondu plumassier. J'ai fait semblant de savoir ce que c'était. Je voulais faire bonne impression, car je voyais qu'il plaisait beaucoup à maman.

Marcus est revenu petit-déjeuner de plus en plus souvent, et ce, pour mon plus grand bonheur. Marcus, je l'aimais bien. Il était très joli parce qu'il était toujours de bonne humeur. Il faisait des grandes phrases et utilisait toujours le superlatif pour faire des compliments. Maman m'a même dit qu'il parlait aux plantes. Mais qu'il ne fallait pas que je le répète, parce que c'est un secret.

C'est ce même jour, plus tard dans la journée, que maman a eu une augmentation. Elle est passée de simple caissière à responsable de caisse. C'est aussi à ce moment-là qu'elle a craqué comme une coquillette pas cuite. Elle disait que ce poste, c'était trop de responsabilités. Son chef lui disait qu'il ne fallait pas s'en faire. Que c'était exactement le même métier, mais politiquement mieux accepté par les syndicats et les employés. Elle s'est mise à ne plus vouloir travailler. Chaque matin quand le réveil sonnait, elle criait une grossièreté avant même d'ouvrir les yeux. Chaque matin, c'était une différente. Et après quelques semaines, après les avoir toutes utilisées, elle s'est mise à en inventer. « Bordel de mercenaires d'autruches en Transylvanie, monture de pince à épiler, espèce de fils de tailleur de chaises bancales, cucurbitacée en toast ». Maman, elle aurait pu inventer un dictionnaire de grossièretés tellement elle avait d'imagination pour en créer des nouvelles. Elle aurait même pu être élue à l'Académie française pour son talent. Parce qu'en connaître autant, ce n'est pas banal.

Après avoir juré pendant de longs instants, elle repoussait le réveil de quelques minutes. Et puis un matin, elle l'a tellement repoussé qu'il en est tombé par la fenêtre.

– Vieille face d'horloge montée par le cul d'un frelon. Comment je vais justifier mes retards maintenant si je n'ai plus de réveil ? je l'ai entendue crier depuis sa chambre.

Maman s'est donc mise à inventer des centaines d'autres excuses pour ne pas aller travailler. Je ne suis jamais autant tombé malade que pendant cette période. Elle me disait de faire semblant d'aller mal si jamais quelqu'un venait vérifier, de mentir comme ils le font au cinéma ou au théâtre. Moi j'étais le malade, et ma maman, elle imaginait. Chaque matin je l'écoutais ainsi appeler son responsable.

– J'ai été mordue par un insecte, il faut que j'aille le faire piquer.

— J'ai perdu toutes mes chaussures gauches et malheureusement, je ne sais pas marcher à cloche-pied.

— Je ne pourrai pas venir, je me suis tordu le nez. Il est trop loin de l'esthétisme du magasin.

— Bonjour, chef. Ça va être compliqué ce matin. Je me suis coincé un cure-dent. Je ne peux plus fermer la bouche, elle lui a dit tout en se pinçant la langue.

Elle me faisait tellement rire !

— Malheureusement je ne vais pas pouvoir venir aujourd'hui, j'ai tellement grossi hier soir que je ne rentre plus dans mon uniforme.

Maman était la meilleure faussaire d'excuses. Elle les imitait si bien qu'on ne pouvait parfois pas les distinguer des vraies. Elle mettait tellement de passion dans ses explications que même moi, je finissais par y croire.

— Oui je vous assure. Moustache, le chien du voisin ! Il a avalé mes clés de voiture. Vous comprenez, il faut que j'attende qu'il les expulse. Ça ne devrait pas être long. Mais ce qui m'inquiète le plus, chef, c'est qu'il a aussi avalé les porte-clés qui allaient avec.

Moustache, je l'aime bien. Je jouais parfois avec lui dans le parc en bas de l'immeuble. J'ai eu de la peine pour lui. J'ai demandé à son propriétaire monsieur Sarda le jour d'après, si Moustache n'avait pas eu trop mal aux fesses. Il a tiré sur la laisse vers lui et m'a regardé d'un air très étrange. Il a fallu du temps à monsieur Sarda pour me laisser rejouer avec son chien après ça.

— Mon chéri, j'ai une grande nouvelle. On a quelque chose à fêter aujourd'hui, elle m'a dit debout sur le canapé tenant sa tasse de vin à la main.

Maman montait toujours sur le canapé pour m'annoncer les grandes nouvelles.

— À partir de ce jour, mon chéri, je n'irai plus travailler. La direction m'a officiellement remerciée. On peut faire tout ce qu'on a envie de faire, m'a dit maman, surexcitée.

J'ai applaudi de mes deux mains. J'étais si heureux pour elle que j'aurais applaudi plus fort si j'en avais eu une autre paire. Ce n'est pas parce que c'est ma maman, mais je savais qu'elle serait un jour nommée employée de l'année. J'étais tellement fier d'elle. Qu'une entreprise dise merci à ses employés, c'est normal, mais qu'elle soit remerciée ! C'est qu'elle avait sacrément dû bien travailler. Alors on a fait ce qu'on savait faire de mieux, maman et moi, quand il s'agissait de fêter quelque chose. On a mis la musique à en faire trembler les murs comme la ceinture Form Plus Gym. Elle a délié ses longs cheveux châtain clair et on a dansé. On a dansé des jours durant.

J'étais si fier de maman. Il faut dire qu'elle s'est beaucoup impliquée ces derniers temps. Par exemple les semaines qui ont précédé ces félicitations, la douchette de sa caisse ne répondait plus à ses obligations. Cela a commencé un matin avec une simple bouteille de Bourgogne. Puis très vite, elle s'est mise à ignorer sans vergogne la plupart des produits que maman lui présentait. Elle a lancé à maman un dernier regard rouge comme pour lui signifier qu'elle rendait son tablier. Maman ne s'est pas laissé abattre. Elle s'est mise alors à apprendre par cœur tous les codes produits afin de les enregistrer à la main.

Elle a commencé par les articles de la boulangerie puis de la librairie, avant d'entamer les légumes et les fruits. Elle répétait ces codes dans la voiture, en aspirant, en cuisinant. Et toujours, elle trinquait pour se féliciter. 3276557117707, c'est le dernier code que maman a appris. C'est celui des ananas, ceux du Paraguay. Elle a arrêté subitement cette folle mémorisation quand son chef a constaté la panne et ordonné sa réparation. Je ne connais pas beaucoup d'employés qui se seraient donné autant de mal. Finalement c'est bien normal qu'elle ait eu toutes ces félicitations.

Après des jours à danser avec maman, j'étais très fatigué. Chaque soir, j'allais m'endormir, mais maman elle continuait à danser. Elle n'arrêtait plus. Seule titubant dans le salon, elle prenait comme cavalier la table de la salle à manger, le canapé, ou une photo de papa qu'elle serrait contre son cœur blessé. Chaque jour, un peu plus de folie s'emparait de sa raison.

Elle s'est peu à peu mise à s'habiller n'importe comment. Elle portait son T-shirt par-dessus son pull, son soutien-gorge par-dessus son T-shirt, c'était un sens dessus dessous vestimentaire. Même le porte-manteau dans l'entrée s'habillait mieux qu'elle.

Elle s'est aussi mise à parler beaucoup, toujours plus, sans arrêt. Elle a commencé à critiquer les informations du journal de vingt heures à la télévision. Elle disséquait chacun des sujets, avait un avis sur tout. Elle parlait tellement que je n'entendais plus le monsieur qui présentait. Et puis elle s'est mise à dire qu'ils nous cachaient des choses, que le système nous mentait.

Et un jour, un reportage sur les dix ans de la mort de Lady Di est passé. Elle est morte quand je suis né comme pour me laisser sa place dans ce monde. Un pilier l'a percuté de plein fouet. La pauvre n'aura jamais vu le bout du tunnel. Maman a été si triste en voyant ce reportage qu'elle a allumé des cierges partout dans l'appartement. Malgré ces dix ans de retard, elle essayait sans cesse d'appeler la reine d'Angleterre pour lui faire part de ses condoléances. Mais Buckingham n'a guère apprécié sa persévérance. Maman l'a bien compris quand elle a reçu à la fin du mois une facture téléphonique si salée, qu'elle n'a pas pu la digérer.

Sous mes yeux, maman quittait peu à peu le monde réel, pour le sien. Je ne lui en voulais pas. Il devait être sans doute merveilleux. Mais j'avais peur que dans son monde à elle, il n'y ait pas assez de place pour deux.

Maman a aussi arrêté de nettoyer l'appartement. Les objets ont migré d'une pièce à l'autre d'une façon hasardeuse. J'ai par exemple retrouvé le rideau de douche accroché à la fenêtre et notre paillasson au pied de la baignoire.

Un soir, j'ai surpris maman sur le bord de son lit en train de répéter les codes des articles du supermarché. Elle les faisait passer devant elle, comme s'ils existaient. Le lendemain, je l'ai vue tremblante devant le micro-ondes. Elle mettait des objets au hasard à chauffer à l'intérieur et regardait le minuteur.

— Théo, viens vite !

Son visage était collé à l'affichage et regardait les secondes défiler.

— Quoi, maman ?

— Regarde les secondes. Regarde bien. Il y en a certaines plus longues que d'autres.

Et puis alors qu'on dînait dans la cuisine, maman est partie à toute vitesse dans la salle de bain. J'ai fini de goûter nos lasagnes à la sardine confite, et j'ai entendu. Sous la douche, maman pleurait. Elle s'était cachée pour pleurer. Malgré le bruit de l'eau dans le bac de la baignoire, j'entendais sa douleur. Alors seul dans la cuisine, j'ai fait ce que tout enfant réfléchi de mon âge aurait fait. J'ai pris mes responsabilités. Je me suis assis par terre, j'ai recroquevillé mes jambes sur mon menton et j'ai pleuré. Et ça m'a fait un bien fou de pleurer. Je pleurais tellement que je ne savais même plus pourquoi je pleurais. Après la facture de Buckingham, maman a décidé de ne plus ouvrir le courrier. EDF nous a retiré l'électricité. On ne pouvait même plus les appeler pour essayer de négocier. Maman s'est peu à peu coupée du monde, s'est coupée de moi, s'est coupée d'elle-même.

Maman s'est endormie

Quand maman a entendu quelqu'un frapper à la porte, elle a gesticulé dans tous les sens comme une nageuse de natation synchronisée.

– Va te cacher. Ce sont eux.

– Qui maman ? Qui ?

– Mais eux, bien sûr. Ils arrivent (voyant que je ne bougeais pas, maman m'a crié dessus). Théo, qu'est-ce que je viens de te dire ! Va te cacher.

J'ai d'abord pensé que c'étaient les acariens ou les services spéciaux des renseignements de la reine d'Angleterre. Ils avaient dû tirer la ligne téléphonique et arriver jusqu'à notre étage.

J'ai couru, paniqué, me cacher sous ma couette. Quand la voix de Marcus a soudainement résonné depuis le hall d'entrée.

– Rose ? Rose qu'est-ce qu'il y a ? C'est moi, c'est Marcus. Cela fait des jours ! Pourquoi le téléphone ne répond plus ? Je m'inquiète. Ouvre cette porte.

– Vous imitez très bien la voix de Marcus, cher monsieur. Mais j'ai bien peur que vous fassiez erreur. Vous ne trouverez ni de tulipes, de roses ou de lilas dans cet immeuble.

– Mais c'est moi, Rose. Ouvre, je t'en prie.

Marcus a rassuré maman du mieux qu'il a pu. Afin de prouver son identité, il lui a décrit le contenu de son panier au supermarché lorsqu'ils se sont rencontrés, le grain de beauté sur son sein droit, et lui a parlé de moi. Je ne savais pas que je lui en avais tant dévoilé. Quand maman s'est finalement décidée à le laisser rentrer, j'avais déjà rejoint le couloir. J'ai vu Marcus tomber des nues. Il faut dire que maman faisait mal à voir. Elle portait des chaussons troués, de grandes chaussettes blanches qui lui montaient jusqu'aux genoux et un simple peignoir qu'elle n'avait pas quitté depuis des jours. Elle avait le teint fatigué, la mâchoire qui jouait des claquettes, des précipices sous les yeux. Il ne fallait pas avoir le vertige. Dans ses cheveux, c'était Waterloo.

Maman ne s'était pas douchée depuis une semaine. Elle sentait l'odeur des parkings souterrains. Maman était la seule rose qui pouvait pousser dans le béton armé. Marcus était affolé. Il a porté son regard sur notre appartement. Il était sens dessus dessous : les objets dans tous les sens, les bouteilles éventrées jonchant le sol, les livres au pied de la bibliothèque. En voyant tout cela, il n'a eu qu'un seul réflexe. Il s'est approché de maman et l'a prise dans ses bras.

– Rose, ne t'en fais pas. Je suis là, qu'il lui a simplement dit dans le creux de l'oreille.

Maman s'est laissé faire, et a pleuré. Alors qu'il la serrait très fort contre lui, il m'a ensuite regardé. Ses yeux étaient remplis de désolation. Ils étaient un peu cachés par les cheveux de maman, mais j'ai pu voir qu'ils me disaient : « T'en fais pas mon bonhomme. Ça va aller maintenant. »

Marcus a porté maman dans son lit comme une noyée qu'il venait de sortir de l'océan. Il lui a dit qu'il s'occupait de tout et qu'elle pouvait se reposer. Puis, Marcus m'a pris par la main et m'a emmené voir le voisin du dessous, monsieur Sarda. Ils ont parlé tous les deux dans le couloir à voix basse. Ça devait être sacrément sérieux parce que monsieur Sarda est devenu d'un coup très gentil avec moi.

– Ça te dit qu'on aille promener Moustache tous les deux, entre hommes ? qu'il m'a dit. Il a très envie de sortir.

Je savais que c'était un moyen de me détourner de ce qui se passait là-haut. Mais cela tombait très bien, car j'en avais besoin.

Monsieur Sarda avait une grande moustache blanche, des gros sourcils noirs et le nez aplati. Et pour cause. Il devait avoir une vingtaine d'années quand il a essayé de faire fortune avec son invention : un piano pour gaucher. Il avait inversé toutes les touches du clavier : les graves à droite et les aiguës à gauche. À force de se faire claquer la porte par les magasins de musique, il a eu une fracture nasale. Monsieur Sarda a mis au point tout au long de sa vie un tas d'inventions qui ne servent à rien. Il a ainsi essayé de lancer des boucles d'oreilles porte-papier-toilette, des essuie-glace pour lunettes de soleil, le couteau suisse de jardin et le passage piéton portable. L'utilisation de ce dernier était très simple. Il suffisait de le déplier comme un rouleau de tapisserie et de marcher dessus pour traverser la route. Monsieur Sarda portait des lunettes depuis qu'il était adolescent. Il était très petit, à peine plus grand que moi. Avec l'âge, il était devenu même plus petit que lorsqu'il était adulte.

Avec monsieur Sarda et Moustache, on a fait le tour du parc. Monsieur Sarda me disait que je pouvais passer plus de temps avec Moustache à présent si je le voulais. Cela faisait une semaine que je n'étais pas sorti de notre appartement. Cela m'a fait un bien fou. Monsieur Sarda ne m'a même pas parlé de l'épisode des clés. Pendant que je jouais avec Moustache dans le parc et que maman dormait dans sa chambre, Marcus a passé l'après-midi à remettre de l'ordre dans l'appartement.

Il a réécrit les chapitres des livres que maman avait aspirés avant de les ranger, remis les restes des lasagnes aux sardines farcies au frigo. Il a aussi nettoyé les cristaux de sel restés coincés entre les lattes du parquet et a retiré des bouteilles de rhum ambré de la chasse d'eau.

Après notre promenade, Marcus a remercié monsieur Sarda. J'ai dit au revoir à Moustache et je suis rentré. Marcus m'a demandé de m'asseoir à côté de lui sur le canapé. Il m'a demandé ce qu'il s'était passé. Je lui ai alors tout raconté. Je lui ai dit que je n'avais pas réussi à prendre soin de maman. J'ai raconté la mine qui n'avait rien de personnel contre papa, les trompettes de la mort, les torrents, les tempêtes, la barbe à papa, nos recettes préférées, le télé-achat, la folie. J'ai déballé mon sac. Il était temps, car il débordait. J'ai porté toute la responsabilité, et elle était sacrément lourde.

Marcus m'a pris dans ses bras. Il avait un parfum d'homme. Ça doit sentir ça, un papa. Il m'a dit que ce n'était pas de ma faute, que maman traversait une période difficile et que j'avais agi comme un chef. Moi, je ne veux pas être chef. Je ne veux pas être responsable. Il m'a serré dans ses bras des heures entières en me rassurant et en me disant que maintenant, il était là. Je lui ai aussi dit que j'aimais beaucoup ma maman, et que j'étais très fier d'elle pour son travail. C'est alors qu'il m'a avoué la véritable raison de tous ces mercis.

– C'est que ta maman... Comment dire. Ta maman, elle s'offrait apparemment des extras en liquide.

Quand il a vu que je ne comprenais pas, il a ajouté :

– Cela veut dire que ta maman passait des bouteilles sous le manteau.

Je n'avais guère mieux compris. Je n'ai pas osé le lui dire. Mais j'ai appris grâce à lui que maman ne me disait pas tout. Elle n'était pas que caissière, elle était aussi magicienne.

Marcus a passé toute la soirée avec moi. On a dormi ensemble sur le canapé. Au petit matin, la lumière m'a réveillé. J'ai regardé autour de moi. L'appartement était tout propre. Dans la cuisine, Marcus était en train de préparer le petit déjeuner. C'est stupide, mais c'était la première fois que je voyais un homme me préparer le petit déjeuner. Je me suis dit que c'était ça d'avoir un papa. J'ai enlevé la couverture qui me recouvrait, et je suis allé le rejoindre. Il préparait des pancakes. J'ai trempé mon doigt dans la pâte comme on faisait toujours avec maman.

– Hop hop hop, bas les pattes petit gourmand. J'ai presque fini. Va réveiller ta maman, elle doit être morte de faim. Dis-lui que je lui ai préparé son petit déjeuner préféré. Je te parie qu'elle sera là en moins de trente secondes !

J'ai traversé le couloir qui menait à sa chambre. J'ai ouvert la porte. Elle n'était pas là. Je me suis alors dirigé vers la mienne. Il faisait tout noir. J'ai allumé la lumière.

– Maman, maman réveille-toi, il y a Marcus qui a fait des pancakes.

Mais elle ne s'est pas réveillée. Maman ! que j'ai répété plus fort. Voyant qu'elle ne se réveillait toujours pas, je suis allé auprès d'elle.

– Maman, il y a Marcus qui fait des pancakes.

Comme elle ne réagissait toujours pas, je l'ai secouée de mes petits bras tout en continuant à crier :

– Allez maman, réveille-toi s'il te plaît. MAMAN !

J'ai entendu Marcus courir jusqu'à nous. Il a vu la boîte de médicaments au pied du lit. Celle que j'avais fait semblant de ne pas voir. Pourtant il était impossible de ne pas la voir. Elle gisait là, vide, au pied du lit, juste en dessous de sa main ouverte. Il a commencé à la secouer lui aussi et à crier son prénom. Rose. Rose. Maman paraissait toute fanée. Comme j'ai commencé à pleurer, il m'a dit d'aller prendre le téléphone et de le lui apporter.

Les plantes, elles parlent

Quand les ambulanciers sont arrivés, Marcus les a emmenés auprès de maman. Ils ont pris son pouls avant de lui redonner pour ne pas l'affaiblir davantage. Son cœur ne battait presque plus la mesure. Ils ont sorti un tas de machines semblant sortir tout droit du télé-achat afin de la tenir éveillée. Quand il m'a vu les regarder sur le seuil de la porte, Marcus est venu vers moi.

– Ne regarde pas, Théo. Cela ne sert à rien, juste à te faire du mal.

Marcus m'a emmené comme la veille chez monsieur Sarda. Quand il a ouvert la porte et a croisé le regard de Marcus, il s'est simplement retourné et a crié le nom de son chien. Lui attendait sagement les pattes croisées dans le salon. Moustache, il se repose toujours comme ça : il croise les pattes et il pose sa tête dessus comme sur un oreiller de poils. Moustache, c'est un bichon maltais, il est petit avec de grands poils blancs. Le blanc, ce n'est pas pratique, il dit monsieur Sarda, ça se salit tout le temps. Mais il l'aime comme ça… Car il ne le voit pas vieillir. Ça lui ferait de la peine, de voir son meilleur ami vieillir. Car chez les humains le blanc fait parfois peur. C'est la couleur du temps qui passe.

– Moustache, tu viens, on va faire une promenade avec Théo ?

Moustache, c'est un véritable Bescherelle sur pattes. Il suffit de lui dire le verbe « promener » quel que soit le temps ou la conjugaison pour qu'il coure dans tout l'appartement.

Après avoir renversé soigneusement un vase ou deux, déplacé quelques étagères, il se met toujours contre une armoire et secoue très fort la queue. N'ayant pas été conçu avec des mains à la naissance, c'est sa façon d'applaudir. Marcus s'est abaissé. Je ne sais pas tout ce qu'ils ont ces adultes à s'abaisser quand il y a quelque chose de grave qui se passe.

— Tu vas aller jouer avec Moustache et monsieur Sarda, hein. Ta maman ne se sent pas très bien. Elle a besoin de repos.

Il m'a embrassé sur le front puis il est remonté en courant. Depuis la cage d'escalier, on pouvait entendre les bips réguliers des machines. Ils auraient pu leur choisir d'autres tonalités. Il y a de nombreuses musiques joyeuses, comme « Jingle Bells » par exemple. Mais les médecins poseront leur veto. Parce qu'ils vous diront qu'en matière de réanimation, il ne faut pas croire au père Noël.

Monsieur Sarda a enfilé la laisse de Moustache autour de ma main. Il m'a entraîné aussitôt jusqu'au rez-de-chaussée. Je n'ai rien contre monsieur Sarda, mais je l'ai détesté ce jour-là avec sa canne et ses lunettes rondes. J'ai haï Moustache qui tirait sur la laisse, j'ai haï tous les chiens du quartier qui chient dans le parc, j'ai haï les acariens, j'ai haï le télé-achat, j'ai haï mon enfance, j'ai haï papa, j'ai haï toute cette haine que j'avais en moi, j'ai haï la vie.

— Allez, mon enfant, lance-lui la balle, qu'il me disait monsieur Sarda.

Mais je n'en avais pas envie. J'avais juste envie de chialer. Moustache, il a dû le sentir parce que lui non plus n'avait pas envie de jouer ce matin-là. Il est venu sur mes genoux et a aboyé pour me dire que j'avais une vie de chien. Je pouvais lui faire confiance. Il en connaissait un rayon.

Une dizaine de minutes plus tard, j'ai entendu des sirènes passer derrière le parc. Elles s'éloignaient toutes clignotantes en direction de l'hôpital. Marcus nous a rejoints au parc. Il a remercié monsieur Sarda, a décoiffé la touffe de Moustache et m'a pris par la main.

— Tu viens, Théo ?

À peine on avait quitté monsieur Sarda que je lui ai demandé ce que maman avait. Sa voix était empreinte de tristesse et de pitié.

— Ta maman va bien. Elle est juste très fatiguée. Ils l'ont emmenée dans un endroit calme pour qu'elle puisse se reposer.

— C'était quoi les médicaments qu'elle a pris ?

— Des médicaments pour dormir. Dans le noir, ta maman a dû se tromper dans les dosages.

Marcus, il n'a pas d'enfant. Ça se voit. Parce que même moi à dix ans, j'avais compris. Quand on veut aider quelqu'un à se reposer à l'arrière de l'ambulance, on ne met pas les sirènes à la puissance maximale.

Sur le chemin menant vers l'appartement, Marcus m'a dit qu'on allait passer quelques jours chez lui. J'étais très inquiet pour maman. Et pour dire vrai, elle me manquait déjà.

— Quand est ce que je pourrai voir maman ? lui ai-je tout de suite demandé.

— Je ne sais pas. Il faut que je téléphone à l'hôpital tout à l'heure. Il faut attendre qu'elle se réveille et se repose un peu.

Quand je suis rentré dans ma chambre, j'ai repensé à maman qui ne bougeait pas. J'ai regardé tout autour du moi sans savoir quoi prendre. Il y avait son odeur sur les draps.

— Ne t'en fais pas, Théo, si tu oublies quelque chose. On peut revenir. Je n'habite pas loin.

Nous avons appelé un taxi. Au bout de quelques minutes, une voiture s'est arrêtée et un vieux monsieur m'a ouvert la portière. Il avait les cheveux gris clair près de ses oreilles et gris foncés sur le haut. Un parfait dégradé de vieillesse. Ses deux larges sourcils s'étaient rapprochés au-dessus de son nez. Il avait la couleur de peau d'un homme qui est parti beaucoup à la plage, sans les coups de soleil. Marcus m'a soufflé son adresse dans l'oreille.

— Vas-y, répète-le au chauffeur.

Dès que j'ai eu fini de lui dire l'adresse de Marcus, le chauffeur a démarré.

— Très bien, monsieur, qu'il m'a simplement répondu.

Marcus m'a vu tout impressionné. Je lui ai dit que c'était la première fois que je montais dans un taxi, que je ne savais pas comment ça marche.

– Eh bien, c'est très simple. Il suffit de leur dire où tu veux aller, et il t'emmène.

– C'est aussi simple que ça ? Et ils peuvent nous emmener n'importe où ?

– Oui, Théo, n'importe où. Vous confirmez ? lui a-t-il demandé en penchant sa tête.

– Oui, monsieur, n'importe où, lui a répondu le chauffeur. Mais ça peut vous coûter cher !

Dans ma tête, je faisais la liste des endroits où j'aimerais emmener maman : l'Antarctique pour voir les ours polaires, les Açores pour écouter les baleines à bosse chanter, la Namibie pour l'emmener dompter les lions des déserts… il y avait tellement d'endroits extraordinaires dans ce monde que je pourrais lui faire découvrir quand elle sortirait de l'hôpital. Si c'était aussi simple que ça, comment j'avais fait pour ne pas y penser plus tôt ? Si c'était vraiment le cas, si vraiment il pouvait nous emmener n'importe où, il fallait alors que je lui demande. Cela aiderait beaucoup maman.

– Monsieur le chauffeur, vous pourriez nous emmener ma maman et moi chez mon papa ?

Marcus a fixé le chauffeur dans le rétroviseur et s'est enfoncé dans son siège.

– Tout dépend, il habite où ton papa ?

– Maman dit qu'il habite au ciel. Mais je n'ai pas l'adresse exacte.

Le chauffeur a ralenti aussitôt. Il a mis son clignotant. Il s'est garé sur le bas-côté puis a arrêté la voiture. Il a réfléchi quelques secondes. Je croyais que j'avais dit une absurdité et qu'il allait nous demander de sortir du véhicule. Je n'avais pas envie de marcher. J'ai vu qu'il me regardait dans le rétroviseur. Il s'est enfin tourné vers moi. C'était très impressionnant.

– Mon enfant. Aucun taxi au monde ne pourra t'emmener toi et ta maman voir ton papa s'il est au ciel. Il n'y a ni route, ni même de chemin pour aller là où il est. Mais je suis sûr qu'un jour, ton papa là-haut, en trouvera un pour venir te voir.

J'ai espéré alors que papa aurait vite une permission là-haut, pour venir à notre rencontre. Personne n'a parlé le reste du trajet. Après quelques minutes seulement, nous étions déjà arrivés. Je connaissais l'immeuble. Avec maman, on avait déjà fait du vélo devant. Le chauffeur est sorti de la voiture et a descendu ma valise.

Marcus l'a remercié. Puis, il lui a tendu quelques billets avec un pourboire pour payer la course. Le chauffeur lui a rétorqué que mon histoire l'avait beaucoup touché.

— C'est pour moi, ne vous en faites pas. Prenez juste soin du petit.

S'il a dit lui-même que c'était pour lui, pourquoi n'a-t-il finalement pas pris l'argent ? Les adultes, je ne les comprends parfois vraiment pas du tout. Le chauffeur s'est approché de moi. Il m'a mis le bazar dans mes cheveux.

— Mon enfant, tu es encore petit, mais retiens bien. Je dis souvent que prendre un taxi, c'est comme dans la vie. Il suffit parfois juste de tendre la main. Il y aura toujours quelqu'un pour t'aider à aller là où tu voudras aller.

J'ai fait semblant de comprendre pour lui faire plaisir. Il a paru satisfait. J'ai regardé la voiture démarrer. Je l'aimais bien ce chauffeur. Marcus habitait au cinquième et dernier étage de l'immeuble.

— Tu vois la fenêtre là-haut, Théo ? il m'a dit en la montrant du doigt. Eh bien, c'est là que se trouve mon studio.

Les seuls studios que je connaissais, ce sont ceux de cinéma. J'ai d'abord pensé qu'il habitait un gigantesque appartement. Puis il a ajouté :

— C'est mon petit nid à moi. Tu verras ce n'est pas bien grand, mais on s'y sent généralement bien.

Marcus a monté la valise sur les cinq étages. Alors que chez nous les escaliers étaient en carrelage, ici ils étaient en bois. Ils grinçaient quand on marchait dessus. Chacun faisait un son différent, comme un clavier de piano en colimaçon.

L'entrée donnait directement sur la grande et unique pièce à vivre.

— Bienvenu dans ton nouveau « chez-toi », Théo.

Marcus m'a demandé d'enlever mes chaussures pour être plus confortable. Je suis entré le premier. Je me souviendrai toujours de la sensation que j'ai eue quand j'ai pénétré dans son studio. C'était comme une cabane géante. Tout était en bois. Il y avait d'épais tapis blancs sur le sol. Ils avaient les poils aussi longs que ceux de Moustache. Il y avait de grands miroirs dans des cadres dorés accrochés le long des murs, des tableaux, des photographies de sa famille, de ses amis, des attrape-rêves qui pendaient du plafond. Mais surtout, des plantes. Des dizaines voire des centaines de plantes de toutes les formes. Elles étaient sur les tables, les commodes, posées à même le sol, dans des vases suspendus par de larges ficelles, sur les rebords des fenêtres. Au-dessus de la ville, sa cabane abritait une véritable canopée. La charpente en bois de l'immeuble traversait son plafond de part en part. Sur chacune de ses poutres, Marcus avait soigneusement accroché des guirlandes lumineuses. Celles qu'on met normalement sur le sapin de Noël.

Le studio faisait toute la largeur de l'immeuble. Grâce à un pan entier de fenêtres, son appartement flottait dans la lumière. Je me suis approché de l'une d'entre elles. En face, je pouvais voir les toits en zinc de la ville, les cheminées dont certaines abritant des nids d'oiseaux. On était si haut qu'on pouvait presque voir derrière l'horizon. Marcus est resté sur le palier. Je pense qu'il voulait que je prenne mes marques, comme un chiot qu'on viendrait d'adopter. Telle la caverne d'Ali papa, il y avait au sol et sur les étagères recouvrant les murs, des milliers d'objets : des vases en terre cuite, de grands coussins de plumes, des bougies qui sentent les fleurs, des livres sur les oiseaux si grands qu'ils ne rentraient sur aucune des étagères de sa bibliothèque, des boîtes en osier, des bijoux et des dessins au fusain sur des morceaux de parchemins. Marcus avait beaucoup de goût. Chaque objet était à sa place. Malgré leur nombre, chacun d'entre eux participait à faire de cette cabane, un petit coin de paradis.

J'ai continué à déambuler dans l'appartement. Mon regard rebondissait d'objet en objet quand mon pied s'est pris dans une échelle. Je me suis vite rattrapé. Comment je n'avais pas pu la voir ?. Elle était juste devant moi, peinte en blanc. Quand il a vu mon regard d'enfant se poser dessus, Marcus a enlevé ses chaussures et s'est approché de moi.

— C'est là-haut que se trouve ton lit. Enfin c'est juste un matelas posé à même les lattes de plancher, mais tu verras, c'est très confortable.

Je suis monté. Les barreaux de l'échelle s'enfonçaient dans la plante de mes pieds. En haut, un grand matelas recouvert de draps blancs m'attendait. On devrait emmener tous les patients de l'hôpital de maman se reposer ici.

Tout avait l'air si calme ici, si paisible. Les grains de poussière qui passaient devant une des nombreuses fenêtres flottaient dans l'air comme de la neige de printemps. Leurs flocons en suspension ne voulaient pas se poser. Ils virevoltaient dans le salon avant de prendre un courant d'air ascendant pour effectuer un nouveau tour de voltige. Dans un grand silence, je me suis aventuré encore plus loin dans sa forêt. Je me suis approché d'une armoire qui servait de bibliothèque. J'ai ouvert quelques livres. Pas un mot ne manquait. J'ai passé la main sur le parquet à la recherche de cristaux de sel. Il n'y avait aucune trace de tempête. Je me suis mis à quatre pattes pour observer les poils de tapis. Aucun aquarien n'était à recenser. La cuisine était ouverte. Elle se situait en longueur au fond de l'appartement. J'ai été ensuite attiré par un recoin dans le salon, sous la mezzanine. Des objets brillaient sur une table en bois massif. Ils éclataient les rayons du soleil en un million de points lumineux à travers l'appartement. Certains m'éblouissaient. Je me suis avancé près du grand plan de travail et j'ai vu.

— Des plumes ? Ce sont des plumes, Marcus ?

— Eh oui, Théo. Ce sont mes instruments de travail. C'est mon métier.

— Tu soignes les oiseaux ?

Il s'est mis à rire.

— Non, je ne suis pas vétérinaire. Je suis plumassier.

Quand il a vu mon regard songeur, il a aussitôt continué :

— Ça veut dire que je travaille la plume. On peut faire une quantité incroyable de choses avec des plumes.

— Mais tu leur arraches ? Ils ne peuvent plus voler après !

— Non Théo. Jamais je ne ferai de mal à un oiseau. Au contraire ! Je les aime trop pour ça. Ce sont généralement les plumes d'oiseaux qui ont fini dans des assiettes. Mais aussi, des plumes de mue. Comme nous avec nos habits. Quand on en a plus besoin, on s'en sépare. Les oiseaux, ils font pareil. Et moi je les ramasse. Je prends soin de ce qu'elles m'offrent, répare celles qui sont abîmées.

— Maman, elle ne se laisserait pas déplumer. Elle ne jette jamais ses habits. Les armoires de sa chambre, elles dégoulinent de vêtements.

Marcus s'est mis à rire.

— C'est loin d'être la seule.

Je me suis approché de la table et j'ai regardé. Il y avait des plumes de toutes les formes, de toutes les couleurs, des pots de colle, des pinceaux, des ciseaux, des crayons, des dessins de robes, des esquisses. C'était incroyable. Toutes les espèces d'oiseaux étaient passées à table : coq, pigeon, autruche, oie sauvage, pie. Il y en avait pour tous les goûts, toutes les couleurs.

Sur la table, des sacs en papier brun débordaient de plumes. J'ai glissé ma main dans l'un d'entre eux. C'était aussi doux que les caresses de maman, aussi léger que des rêves. J'ai contourné ensuite la large table. Mon regard s'est posé sur une plume de paon. Sa couleur bleue s'évadait peu à peu vers le turquoise à mesure que je marchais. En son centre, un œil doré à la large pupille noire me fixait. Elle m'hypnotisait.

Marcus ne disait rien. Il pensait sûrement déjà à ses prochaines créations. Il a enlevé son bonnet pour le glisser dans la poche arrière de son jean. Le soleil cognait sur chacun des carreaux de fenêtres.

— Et tu fais quoi avec toutes ces plumes ?

— Plein de choses. Par exemple en ce moment, je travaille sur un sac. Je l'ai bientôt fini. Si tu veux, on pourra le livrer ensemble. Une danseuse étoile me l'a commandé. Sinon je peux faire...

Marcus a réfléchi. Il y en avait tellement. Il a passé ses doigts sur ces sacs comme pour fouiller dans ses idées.

— Par exemple, je peux habiller de plumes des instruments de musique, je peux ornementer des bijoux, des chaussures, des vêtements. Tout ce qui se porte en fait. Viens, je vais te montrer quelque chose.

Marcus m'a emmené près de l'entrée. Un bustier blanc se tenait sur un valet de chambre.

— Vois-tu, ceci est le haut d'une robe de mariée. J'ai collé toutes les plumes les unes aux autres. En passant mes doigts dessus, elles étaient aussi rigides que des écailles. J'ai juste laissé de la souplesse au niveau de la poitrine et des coudes. Sinon la pauvre, elle n'aurait pas pu respirer pour dire oui !

Marcus, j'aime beaucoup quand il parle. Il a une voix grave et douce à la fois. Il parle lentement, comme pour laisser à chaque mot assez de place pour prendre tout leur sens.

Je me suis approché d'un gros pot de fleurs.

— Marcus, c'est vrai que tu parles aux plantes ?

C'est fou comme les mots, ils sortent parfois tout seuls sans notre permission. Mais j'étais tellement intrigué par ce secret que je ne leur en ai pas voulu.

— Ta maman ne peut pas garder sa langue dans sa poche !

— C'est vrai alors ?

Je n'allais quand même pas me laisser intimider si près du but.

— Bien sûr que je parle aux plantes. C'est important de leur parler.

— C'est donc vrai ! je me suis exclamé comme un pirate après avoir découvert un trésor. Et tu leur dis quoi ?

— On bavarde, on papote. Juste de simples commérages. Mais moi je tiens mes promesses, et je leur ai promis que je ne leur dévoilerai pas ce qu'on se dit.

— Mais ! Je sais garder des secrets !

Il a esquissé un sourire.

– J'en suis certain, Théo. J'en suis certain. Tout ce que je peux te dire, c'est que chaque plante a son caractère. Par exemple celle-ci, il m'a dit en me montrant du doigt une grande plante près de l'entrée encore plus grande que moi, c'est une sacrée.

Marcus m'a emmené devant un grand Kentia. Il était tout ébouriffé. Le pauvre venait de se réveiller. Au bout de chaque tige poussaient des épis de longues feuilles pointues d'un vert intense.

– Lui, c'est Lupin. C'est un solitaire. Il ne faut pas le chercher. Il déteste voir quelqu'un d'autre dans son pot. Il lui détruit toutes ses racines quand j'essaye de lui présenter un de ses congénères.

Marcus m'a pris par la main et m'a emmené près de la cuisine au fond de l'appartement.

– Là, ce sont les deux plus belles. Je te présente Églantine et Daphnée.

Dans deux gigantesques jarres en terre cuite sortaient une pachira et une sansevière. Églantine s'était coiffée d'une queue de cheval de trois tresses à partir de ses trois troncs. Daphnée était plus désordonnée. C'était son côté punk. Elle se laissait pousser de larges feuilles à la verticale comme autant de crêtes iroquoises. Alors qu'elles étaient très différentes par leurs aspects, les deux plantes étaient les meilleures amies du monde.

– Regarde comme Églantine partage la lumière avec sa copine. Elle lui laisse de la place pour que ses feuilles fassent le plein de soleil. Viens, n'aie pas peur. Regarde comme leurs feuilles s'effleurent, se touchent. Elles communiquent de cette façon, en se tenant par la feuille. Et crois-moi, ce sont de vraies pipelettes ! Toute la journée, elles discutent tout en suivant le soleil qui traverse l'appartement en se penchant d'un côté ou de l'autre.

J'ai collé mon oreille contre une feuille de Daphnée pour l'écouter.

– Tu fais quoi, Théo ? Tu viens ? m'a dit Marcus déjà à l'autre bout du salon.

Devant lui, dans un grand pot en osier étaient plantés un bananier et une fougère de Boston.

– Je te présente Azalée et Narcisse. Cela ne se voit pas à la surface, mais malgré leurs différences, ils vivent dans ce pot l'amour fou. Leurs racines sont entremêlées de toutes parts. Je voulais les séparer il y a quelques mois pour leur donner à chacun un pot plus grand, mais il était impossible de les défaire l'un de l'autre. Ce sont de vrais inséparables.

J'ai regardé les deux amoureux, en espérant ne pas les déranger durant leur voyage de noces.

– Maintenant que tu les connais un peu mieux, veux-tu que je te montre comment leur parler ?

– Mais, Marcus, ça ne sert à rien. Elles n'entendent pas les plantes.

– Comment ça ! Et les murs, ils n'ont pas d'oreilles peut-être ? Bien sûr que les plantes entendent. La preuve, tu connais les feuilles de choux ?

– Bien sûr que je les connais. Avec maman, on a cuisiné un chou campagnard aux crevettes farcies la semaine dernière.

– Eh bien, les feuilles de chou, elles détestent les chenilles. Elles en ont très peur. Afin de montrer que les choux entendent, des chercheurs ont enregistré le bruit de ces larves mâchouillant les feuilles d'autres plants de choux. Et devine quoi quand on leur a fait écouter les enregistrements ?

– Elles ont eu peur ?

– Exactement. Les choux ont été sensibles au chant du festin des chenilles. Ils ont alors fabriqué un liquide pour repousser ces potentiels agresseurs.

– Alors c'est vrai ! j'ai crié. Elles entendent !

– Oui, Théo. Alors veux-tu que je te montre comment faire ?

J'étais tout excité. Bien sûr que je voulais.

Marcus s'est approché d'Azalée et de Narcisse. Il s'est assis devant eux. S'en est suivi un long silence. Un très long silence. Je commençais à m'ennuyer. Mais je n'osais pas interrompre la discussion. Maman me dit toujours que ça ne se fait pas de couper quelqu'un quand il parle. Mais quand il parle comme Marcus, sans parler ? J'ai pris ça pour une exception. Il y a toujours des exceptions.

– Marcus, je peux te poser une question ? que je lui ai demandé.

– Laquelle ?

– Maman, elle rentre quand ?

Mon examen avec les médecins

Maman a été transférée dans un service psychiatrique. Lors de la restauration de l'hôpital il y a quelques années, le comité de direction a décidé de mettre du blanc partout. Il y en avait du sol au plafond en passant par les murs, les meubles, les draps, les taies d'oreillers et les tenues des infirmières. Même les lumières étaient blanches. Avec tout ce blanc, cela devait être compliqué de demander à des personnes tristes de voir la vie en rose dans ces conditions.

Dès son arrivée, les médecins l'ont accueillie avec un cocktail de médicaments. Maman a d'abord été ravie. Elle adore les cocktails de bienvenue. Allongée sur son brancard, maman allait féliciter le corps médical pour leur sens de la réception quand elle a déchanté soudainement. Pour seul buffet froid, un médecin lui a présenté sur une plaque métallique, quelques médicaments sans autre accompagnement. Devant la pauvreté du banquet, maman a osé tout de même demander une coupe de Bollinger, son champagne préféré.

Les médecins lui ont ordonné d'avaler des médicaments parce qu'elle avait ingéré trop de médicaments. Ils étaient aussi foncés que des morceaux de charbon. Les médecins les prescrivent aux personnes qui broient du noir. Ils lui ont donné ensuite d'autres capsules de toutes les couleurs. Chacune capturait une émotion. La bleue était censée enlever la colère, le vert la joie. Les médecins voulaient que maman ne ressente plus rien, qu'elle n'ait plus mal, comme ces cailloux tout plats quand on les lance pour faire des ricochets dans l'eau.

Dès que nous en avons été autorisés, Marcus m'a emmené voir maman à l'hôpital. Maman partageait sa chambre avec madame Adamowitz. C'était une vieille dame très petite et toute maigre. Elle était d'origine polonaise. Elle est venue en France avec ses parents parce qu'il n'y avait rien à manger dans son pays après la guerre à part des pommes de terre. Ce n'était pas très bon pour parfaire sa culture culinaire.

Madame Adamowitz n'a pas eu une vie facile. Elle a dû travailler très jeune pour aider sa famille. Elle a enchaîné toute sa vie plein de petits boulots. Elle m'a dit qu'elle avait été entre autres ramasseuse de crottes de pigeons, peigneuse de balustrades, testeuse de toboggans. Sa plus grande fierté a été notamment plongeuse pour un grand restaurant. Je l'imaginais avec son tuba et son harpon. Ça doit être un beau métier de plonger pour aller chercher du crabe pour la table numéro cinq ou du homard pour la six. Il fallait sûrement avoir beaucoup de respiration. Mais le résultat à force de passer son temps dans l'eau, c'est qu'elle avait la tête toute ridée comme le bout de mes doigts quand je sors du bain. Madame Adamowitz, elle a aussi une petite barbe. Mais Marcus m'a dit de ne pas insister, que ce n'est pas valorisant. Alors je n'irai pas plus loin.

Madame Adamowitz a été internée parce qu'elle entendait des voix, et ce, même quand personne ne lui parlait. Quand je pense à toutes les personnes âgées qui deviennent sourdes avec l'âge, elle pourrait s'estimer heureuse. Elle conversait ainsi toute la journée avec des dizaines d'invités dont quelques-uns très connus : Marilyn Monroe, John Lennon, Romy Schneider, Jean Moulin ou encore Satan pour les plus célèbres. Certains apparaissaient le matin pour le petit déjeuner, d'autres plutôt le soir pour le journal télévisé. Cependant, tous aimaient se retrouver dans sa tête à l'heure du thé. Dans son cerveau, c'était le rendez-vous mondain de la journée à ne pas louper.

Aux dernières nouvelles, Marilyn Monroe en pinçait beaucoup pour Jean Moulin qui lui-même aimait profondément Romy Schneider, qui penchait pas mal pour John Lennon.

Romy Schneider a très mal pris quand John Lennon a composé une chanson d'amour pour Marilyn Monroe. Jean Moulin était un timide maladif. Malgré les années dans le cerveau de madame Adamowitz, il n'a toujours pas avoué son amour pour la belle Romy Schneider. Madame Adamowitz était persuadée qu'il n'avouerait jamais, et ce, même sous la torture. Quant à Romy Schneider, elle faisait semblant d'aimer Jean Moulin pour rendre John Lennon jaloux. Elle le faisait si bien qu'on aurait dit qu'elle avait fait ça toute sa vie. Mais ces techniques de rapprochement et de manipulation mentale ne touchaient pas John Lennon. Lui s'en foutait. Il aimait tout le monde. Madame Adamowitz disait que c'était les feux de l'amour dans sa tête. Que ça ne s'arrêterait jamais. Mais que c'était encore pire qu'à la télé, parce qu'il n'y avait même pas de plages de publicités pour se changer les idées.

J'adorais écouter les histoires de madame Adamowitz. Elle ne s'arrêtait jamais de parler. Elle répondait à mes questions même quand je ne lui en posais pas.

– Et Satan, il est comment ? lui ai-je quand même demandé.

– Satan, lui, il n'aime personne. Il veut juste le mal, le chaos et la destruction. Il veut tuer tout le monde.

Mais malgré sa taille imposante et ses cornes pointues qui pouvaient l'écorcher, elle m'a dit que Satan était son petit préféré.

– Satan, je l'aime bien. Je n'espère qu'une chose : qu'il les crève tous. C'est tout ce qu'ils méritent. Ces brailleurs arrêteront de piailler dans ma tête. Ils me cassent les bonbons avec leurs badinages.

J'ai été très étonné que madame Adamowitz aime les sucreries à son âge. Alors à chaque fois que je la voyais, je lui demandais comment allaient ses bonbons. On ne sait jamais, au cas où elle aurait voulu me les confier pour les protéger de ses voix.

Marcus venait me chercher à l'école tous les soirs avec son side-car. Ma côte de popularité était remontée en flèche dans la cour de récré. Avoir un faux papa, ça a quelque chose d'exotique. Ça change de tous les vrais. À chaque fois que je le voyais m'attendre à la sortie de l'école, le moteur vrombissant, j'imaginais la fierté que pouvaient avoir mes camarades de classe d'avoir un papa.

– Tiens, enfile ça, bonhomme, il m'a dit. J'ai reçu un appel tout à l'heure. Des personnes aimeraient te voir avant qu'on aille voir ta maman.

Des médecins voulaient que je leur parle de maman et de ses crises. C'était très impressionnant. Il y avait un vieux et une autre plus jeune. Ils étaient tous les deux en blouse. Je me méfie des médecins. Pour rassurer les jeunes comme moi, ils avaient accroché des dessins d'enfants sur les murs.

Moi, je ne voulais qu'une chose, c'est que maman revienne à la maison. Alors quand ils ont commencé à me questionner sur le comportement de maman, je leur ai juré qu'elle allait très bien. Je leur ai notamment dit qu'elle faisait de très bons plats, qu'un jour elle ouvrira un restaurant près de l'océan et qu'elle obtiendra dans le guide Machin, plein d'étoiles de mer. Elle avait déjà même trouvé sa plongeuse. Je leur ai dit qu'elle dansait comme personne quand elle se déliait les cheveux et qu'un jour, elle jouera dans des comédies musicales dans les théâtres à Broadway. Ils n'ont pourtant pas eu l'air de me croire.

– Théo, tu sais que ta maman ne va pas bien. Nous voulons tout comme toi qu'elle aille mieux et qu'elle puisse rentrer à la maison. Mais pour ça, on a besoin de toi. Il faut que tu nous aides.

Moi, j'étais jeune et pour dire vrai je commençais à craquer comme mes biscottes au petit déjeuner quand je leur mets du beurre dessus.

– Courage, Théo, on sait que ce n'est pas facile, a renchéri le plus jeune des deux.

Ils m'ont dit que j'étais en sécurité avec eux.

– Vas-y, Théo, fais-nous confiance. Tu peux tout nous dire, tu peux vider ton sac, qu'ils répétaient.

Vider mon sac ? Je n'ai pas compris tout de suite. Cela devait être encore un de leurs stratagèmes de médecins. Mais comme je n'avais pas de meilleur plan pour faire sortir maman, j'ai obéi. Qu'est-ce que regarder dans un sac d'écolier pouvait aider à comprendre une maman ? J'ai alors pris mon cartable et je l'ai vidé sur le bureau. Un monticule de fournitures scolaires a alors recouvert la table. Mon cahier à dessins, ma trousse en daim, mon stylo effaçable, mes crayons de couleur et ma règle en métal, tout s'est étalé sur leur bureau.

Les deux médecins ont d'abord été très circonspects. Ils devaient sûrement penser que je leur opposerais plus de résistance, comme Jean Moulin.

– C'est ton cahier à dessins, Théo, ça ? m'a demandé le plus vieux des deux tout en fouillant sous les crayons de couleur.

Il n'était pas très perspicace parce que c'était écrit dessus « caier a dessain ». Mais je ne lui en ai pas tenu rigueur. C'était peut-être encore une technique de médecin.

– Je peux regarder ?

Évidemment, que je lui ai dit. Qu'est-ce qu'un enfant de dix ans pourrait bien cacher sur sa maman emprise de crises de folie dans un simple cahier ?

Les deux médecins ont feuilleté chacune de ses pages. Ils passaient de nombreuses secondes sur chacune d'entre elles. Le plus jeune fronçait les sourcils en accent circonflexe alors que le plus vieux formait avec sa bouche d'étranges formes convexes.

Avant de passer à la page suivante, ils se chuchotaient des choses à l'oreille. C'est alors que j'ai réalisé mon erreur. À travers les pages, les deux médecins ont vu la bande dessinée de ma vie. À travers mes dessins, ils ont vu papa marchant sur sa mine qui ne lui en voulait pas, maman dans notre bateau en papier flotter sur sa mer de tristesse, escaladant des montagnes de mouchoirs, aspirant les mots des livres. À travers ces pages, ils ont compris ma douleur, ils ont compris la folie de maman. Je ne voulais pas que les médecins trouvent tout ça. Je sais que j'aurais dû déchirer les pages après les avoir dessinées, que j'aurais dû les donner à madame Adamowitz pour que Satan les brûle en enfer. Mais j'étais seul. Je n'avais personne à qui parler. Un enfant, il a besoin d'extérioriser, même si ce n'est qu'avec des crayons de couleur dans son cahier à dessins.

Regrettant ma maladresse, je me suis finalement levé de ma chaise. Je le leur ai violemment arraché des mains en prétextant que c'était du plagiat ce qu'ils faisaient. Je m'en suis tellement voulu que j'avais envie de chialer. Ils avaient été très perspicaces sur ce coup. J'avais tellement honte après l'entretien que je n'ai même pas réussi à regarder maman dans les yeux après ça. Je l'avais trahie. À cause de moi, on allait la garder à l'hôpital. Après de courts interrogatoires, le verdict des médecins est tombé. Maman avait été diagnostiquée de troubles bipolaires aigus. Il faut toujours faire attention avec les diagnostics qu'ils donnent, les médecins. Ils les rendent toujours plus compliqués qu'ils ne le sont. Comme ils ont fait beaucoup d'études, pour eux, c'est très simple de faire très compliqué. Du coup avec eux, un trouble aigu peut être plus grave qu'un trouble grave, et c'est parfois positif d'être diagnostiqué négatif. Allez comprendre.

Suite à son diagnostic, j'ai de nouveau été convoqué à l'hôpital le lendemain. Sur le bureau, il y avait une pancarte en cuivre indiquant en lettres gravées « psychologue ». Cela a été une vraie libération pour moi de savoir que je n'allais pas être de nouveau interrogé par un médecin. On ne sait jamais ce qu'ils pensent. Il y avait plein de jeux pour des enfants de mon âge dans la pièce. Je n'ai même pas eu le temps de jouer avec l'un d'entre eux qu'une jeune femme s'est installée derrière le bureau. Elle était belle. Elle avait les cheveux blonds comme un champ de blé. Elle me parlait avec une voix très douce. Elle avait les cheveux fins, aussi fins que ses deux longues narines. Elle avait une longue blouse blanche par-dessus un petit pull bleu et un pendentif très brillant en forme d'étoile. Je l'ai trouvé très beau. Quand elle a vu mon regard se fixer dessus, elle m'a indiqué :

— C'est une étoile de David. Tu sais ce que c'est ?

J'ai fait semblant de savoir même si je n'ai pas compris sa question. Comme si je pouvais connaître tous les David de la terre. Elle m'a demandé ensuite si je savais ce que ma maman avait. Je lui ai dit qu'elle n'avait rien. Que les médecins avaient tout inventé au sujet des dessins. Mais je n'ai pas dû mettre assez de conviction dans mes allocutions, car elle ne m'a pas cru. Elle a posé son stylo le long de sa feuille et m'a dit :

– Ta maman est atteinte de bipolarité. Est-ce que tu sais ce que cela veut dire ?

Ça a pris beaucoup de temps. Elle m'a dit que c'était la fête foraine dans la tête de maman, qu'elle était comme dans des montagnes russes, que plus elle montait, plus la chute était grande. Elle a essayé de prendre des mots d'enfants pour expliquer des maux d'adultes. Parce que nous, on veut rester en dehors de ça. Les mots viendront en temps voulu. Elle m'a dit que la bipolarité est une maladie qui ne se voit pas. Elle m'a expliqué que maman, elle a des phases de tristesse et de joie trop intenses. J'ai su que c'était grave parce que maman me dit toujours que les « trop », c'est jamais bon. Maman je l'aime. Je l'aime beaucoup trop. Mais ça, ça doit être l'exception.

La psychologue m'a remercié pour mes dessins. Elle m'a dit qu'ils avaient beaucoup servi pour comprendre comment s'étaient matérialisées ses crises et pouvoir diagnostiquer sa maladie. À cause de moi, maman allait être internée durant deux semaines.

Maman n'a jamais aimé les riches

Pendant que j'étais en train de jouer avec Moustache dans le parc, les ambulanciers ont réveillé maman. Elle tenait dans sa main une photo de moi et de papa. Alors que papa était tout sourire, moi je n'étais pas à mon avantage. Elle aurait pu en choisir une meilleure. Elle la serrait tellement fort qu'ils n'ont même pas réussi à la lui enlever.

Quand ils ont enfin réussi à la réveiller, elle a tout de suite demandé où est-ce que j'étais. Marcus lui a répondu que j'étais dehors, en train de jouer avec Moustache. Elle a été rassurée. Elle lui a ensuite demandé d'une voix à demi éteinte s'il pouvait s'occuper de moi le temps qu'elle se remette d'aplomb. Il a tout de suite accepté. Aux yeux de la loi, c'est papi et mamie, les parents de maman qui auraient dû me garder le temps qu'elle se repose. Je ne les avais jamais vus. Ils habitent à la campagne, au milieu des vignes dans un corps de ferme.

Quand il a un peu trop bu, papi dit souvent que c'est aussi agréable de vivre dans un corps de ferme que dans celui d'une femme. Mamie fait semblant de ne pas l'entendre. Dans ces moments-là, elle attend avec impatience les effets de la sénescence.

Papi et mamie, ils sont très riches. Ils ont même une particule à leur nom. Quand maman m'a expliqué ce que c'était, une particule, j'ai trouvé ce mot vraiment long pour quelque chose d'aussi petit.

— Tu sais, Théo, « particule », c'est un mot inventé par les riches, pour les riches. On ne peut pas leur en vouloir. Ils ont toujours eu la folie des grandeurs, même dans le choix des mots.

J'ai senti dans sa voix que maman, elle n'aimait pas beaucoup les riches. Ou est-ce seulement papi et mamie qu'elle n'aime pas ? Ils ne sont peut-être qu'une exception à la règle.

Moi, j'ai eu le droit au nom de mon papa : Flamant. D'après son sens étymologique, ses ancêtres devaient certainement habiter en Belgique. C'est peut-être pour ça que j'aime beaucoup les frites à la cantine. Ces choses-là, c'est génétique. Maman adore le nom de papa. Elle dit qu'il n'aurait pas pu trouver meilleure place qu'à côté de son prénom : Rose Flamant.

Mon papi a fait richesse avec la richesse de son papa qui lui-même a fait richesse avec la fortune de son papa. C'est une entreprise familiale qui se transmet de père en fils depuis des générations. On ne sait pas vraiment à partir de quelle génération ça a commencé. Ce que je sais, c'est que son grand-père a fait fortune dans la fabrication de parachutes en nylon pendant la guerre. Quand il n'y avait plus personne à jeter des avions, il s'est reconverti dans la fabrication de bas. De fil en aiguille, l'entreprise a pris beaucoup d'ampleur. Et puis les mini-jupes sont arrivées. Devant ces bouts de tissus qui n'en finissaient pas de remonter le long des cuisses des femmes, mon papi a décidé de changer d'activité et d'investir dans le vin. Il aime dire que les Français boiront toujours, que c'est dans notre culture. Que ce secteur ne risque rien, à part la crise de foie.

– Les Français ne réduiront sûrement pas la taille des verres comme on l'a fait pour les jupes. Et puis ça serait un comble de voir une entreprise dans le vin, terminer en liquidation !

Papi et mamie ont un nom à leur image, disait maman : disproportionné. Il y en a au moins dix les uns après les autres. Certains font la collection des nains de jardin, d'autres des sables des plages du monde ou des trèfles à quatre feuilles. Papi et mamie, eux, collectionnent les noms. Ça prend moins de place sur les étagères. Ils en rajoutent un à chaque mariage et ils comptent double quand ils contiennent une particule. Papi a tellement de noms que ça devient même impossible de tous les mémoriser. Je me demande comment avant de prendre celui de papa, maman faisait pour tous les faire rentrer dans l'espace qui est réservé en haut des devoirs d'école.

Maman parle rarement de sa famille. Elle est en froid depuis des années avec papi, et comme mamie n'ose jamais rien dire, la situation est aussi gelée avec elle. Papi est maire de son village. Maman le soupçonne fortement d'avoir payé des pots-de-vin à quelques habitants afin de gagner des voix. C'est toujours plus pratique de travailler dans le monde viticole quand on veut être élu. Son nom prenait tellement de place sur les pancartes des élections qu'il recouvrait celui de son concurrent.

À force de les appeler papi et mamie, j'en ai même d'ailleurs oublié leurs prénoms. Avec le temps, il paraît que tout s'efface. Nos prénoms ne font pas exception. Mais je ne suis pas inquiet pour ça. Je me demande même à quoi ils servent parfois. Personne ne m'appelle par mon prénom de toute façon, à part la maîtresse.

Par exemple, à la cour de récréation on se donne des surnoms qui nous font plus grands que nos âges. Adolescent, on se donne un blase, un pseudo, qu'on tague sur les murs ou sur les métros. Puis on se met en couple quand on est adulte. On s'appelle par des noms d'oiseaux, de fleurs ou de chocolat. Et quand viennent les enfants, notre prénom s'efface sous maman, papa, mari, femme avant de disparaître totalement sous papi et mamie. D'ailleurs, comment il s'appelait papa ? Je l'ai toujours appelé que papa. C'est grave de ne pas connaître le prénom de son papa ? Je pense que non. J'aime plein de choses dont je ne connais pas le nom comme... Mince. J'aimerais beaucoup les lister ici, mais... je ne sais pas comment elles se nomment. Moi j'aime mon prénom. Théo ! Il est court, et ça rime avec beau. Ça me suffit pour l'aimer. Je n'ai nullement envie de le perdre... qu'on me laisse au moins ça.

C'est aussi à cause de moi si papi et mamie ne s'entendent plus du tout avec maman.

– Arrête de dire des bêtises, mon chéri. Ce n'est pas à cause de toi, me disait toujours maman. C'est à cause de ta naissance et de toutes les conséquences que ça a entraîné. C'est totalement différent.

Personnellement, je n'ai jamais vu la différence. Maman était très jeune quand elle est tombée enceinte. J'ai été un joyeux accident. Elle n'a jamais su me dire si c'était mieux que d'être un triste bonheur. Elle était encore au lycée quand je suis arrivé au monde. Papa, lui, faisait aussi ses classes, mais à l'armée. Comme il gagnait un peu d'argent, maman a décidé de le rejoindre et d'arrêter d'étudier pour se consacrer à mon éducation. Sachant qu'elle arrêtait la sienne très tôt pour faire la mienne, c'était très audacieux de sa part.

Papi et mamie n'ont jamais été d'accord avec sa décision. Ils disaient : les études, c'est capital. Étudie pour ton bac et on verra après. Le bac, ils n'avaient que ce mot à la bouche. Pour aider maman, j'ai essayé d'être le plus studieux possible moi aussi. J'ai ainsi passé des heures dans mon bac à sable quand maman se disputait avec papi. C'est là où j'ai appris à compter jusqu'à quatre cent cinquante-deux mille trois cent cinquante-six. C'est le nombre de grains de sable qui tenaient dans mon seau.

Quand maman leur a annoncé qu'elle quittait le foyer familial pour vivre avec papa, ils ont utilisé plein de mots comme troufion, traînée, égoïsme, famille, honte, héritage qui mis bout à bout dans la même phrase, a fait très mal à maman. Je crois qu'elle ne leur a jamais pardonné. Après cette ultime dispute, maman m'a arraché des bras de mamie et a claqué la porte de la maison familiale. Comme elle était grande, ça a fait beaucoup de bruit.

– Regardez bien votre petit-fils, parce que c'est la dernière fois que le voyez.

Ça les a beaucoup attristés. Papi est fier alors il a attendu que maman parte pour pleurer. Mamie, elle, n'a pas réussi à attendre. Il n'y a décidément pas d'âge pour pleurer. Ah ! Ça y est, je m'en souviens maintenant. Mamie, elle s'appelle Madeleine. Elle a pleuré ce jour-là à pouvoir même en émouvoir les morts. En la regardant effondrée, mamie est d'ailleurs devenue là-haut, la Madeleine préférée de Proust.

Maman leur envoie une photo de moi tous les ans, pour Noël. Ils en ont maintenant dix sur le rebord de la cheminée. Darwin adorerait. C'est une véritable galerie de mon évolution.

Les adultes, laissez mes cheveux tranquilles

Marcus m'a laissé son lit sur la mezzanine. Lui s'installait en bas, sur le canapé. Il s'enroulait toujours autour d'un gros coussin et dormait en position fœtale autour de lui comme s'il voulait le protéger de la nuit. Chaque matin, je me faisais réveiller par les odeurs du petit déjeuner. Elles montaient une à une les marches de l'escalier, avant de se glisser sous mes draps et de se faufiler dans mes narines. Je restais alors là, allongé, les yeux ouverts et j'écoutais mon estomac ronronner comme un gros chat. Je crois que je n'ai jamais autant dormi que ces deux semaines chez Marcus.

Tous les matins se ressemblaient. Marcus préparait pour le petit déjeuner, une tartine de confiture, un bol de cacao, et un jus d'orange pressé. À table, nous nous racontions les rêves que nous avions faits la nuit. Maman était présente dans chacun d'entre eux. Elle me manquait.

Marcus m'emmenait ensuite en side-car à l'école. Il l'avait appelé Isabelle. C'était une vieille demoiselle. Elle était toute cassée quand il l'a récupérée. Il a mis plus d'un an à la restaurer. Elle était de couleur vert avocat. Il y avait même un marchepied pour monter dans le panier. Son moteur faisait trembler l'asphalte, les murs de l'école, mais aussi le cœur de mes prétendantes dans la cour de récré.

Marcus avait un vieux casque marron comme les pilotes d'avion et des lunettes pour protéger ses yeux du vent. Il portait toujours le même blouson noir en cuir. Il était rugueux et sentait les pâturages des prés : un mélange subtil entre les bouses de vache et le parfum des orchidées.

Dès mon retour à l'école, mon institutrice, madame Lavandot, m'a demandé de rester avant d'aller en récréation. Elle m'a questionné sur Marcus. Elle voulait savoir qui était ce jeune homme qui m'avait déposé devant l'école. Quand je lui ai répondu que c'était un ami à maman, elle a souhaité s'entretenir avec lui.

– La situation que tu traverses est compliquée, Théo. Je veux juste m'assurer de la bonne poursuite de ta scolarité, qu'elle m'a dit.

Mais j'ai lu dans son regard « il me plaît beaucoup l'ami de ta maman. J'aimerais beaucoup le rencontrer ».

Madame Lavandot a pris mon carnet de liaison. Elle a levé ses yeux pour chercher de l'inspiration dans les lumières des néons, et de sa plus belle plume, a invité Marcus à venir la rencontrer dès le lendemain. Elle m'a assuré que je n'avais rien à me reprocher. Marcus est resté de longs instants avec madame Lavandot dans la salle de cours. Marcus m'a dit qu'ils n'avaient même pas parlé de moi, qu'elle ne s'était intéressée qu'à lui et à son métier de plumassier. Il lui a fait apparemment forte impression, car elle en est ressortie joyeuse comme un pinson. J'en ai beaucoup voulu à Marcus, car je croyais que c'est maman qu'il aimait.

Dès le lendemain, madame Lavandot attendait l'arrivée de Marcus sur les marches de l'école. De sa main, elle la faisait virevolter dans les airs pour le saluer. Madame Lavandot s'était métamorphosée. Elle avait perdu dans la nuit quelques années. Elle avait troqué ses vieilles tuniques contre une jolie robe avec des cigognes et des grues imprimées dessus. Elle s'était maquillé les yeux, et attaché les cheveux. En haut des marches, elle était aussi belle qu'une actrice sans tapis rouge.

Ayant trouvé dans les traits de Marcus son nouvel Apollon, madame Lavandot a inséré des messages cachés à son intention dans chacune de nos leçons.

Ainsi, elle nous a demandé d'apprendre par cœur les farces de la Fontaine, notamment les vers du Corbeau en délaissant ceux du pauvre Renard. Puis, madame Lavandot nous a appris à écrire au stylo plume, à siffler avec nos doigts. En cours de travaux manuels, elle nous a fait construire des cabanes à oiseaux pour les accrocher dans les arbres près du préau. En cours de musique, elle nous a fait jouer « l'Aigle

Noir » de Barbara à la flûte à bec. Cela a été un véritable échec. Cette chanson était si triste que la moitié de mes camarades se sont écroulés en larmes sur l'estrade.

Chaque matin, madame Lavandot attendait en haut des marches devant l'école pour saluer Marcus. Chaque matin, elle me demandait s'il avait écouté la fable du corbeau ou un extrait de mon concerto. Voyant que Marcus ne réagissait à aucun de ses signaux, elle a pris mon carnet de liaison et y a inscrit de sa plus belle plume sur l'une de ses pages, une invitation. Madame Lavandot a été très triste de lire la réponse de Marcus refusant poliment sa proposition à dîner. Son amour s'était envolé. Mais moi, j'étais aux anges. Car je savais maintenant que c'est maman qu'il préférait.

Les médecins ont privé maman de visites pendant une semaine. Le huitième jour, nous avons pu aller la voir à l'hôpital. Sur le chemin, Marcus s'est arrêté chez un fleuriste. Il en est ressorti avec un énorme bouquet de chrysanthèmes. Il m'a laissé les lui offrir sans même dire que c'est lui qui les avait achetés.

Maman nous attendait sur un banc dans le jardin. C'était un grand carré de verdure entouré par les hauts bâtiments de l'hôpital. Les résidents étaient tous en pyjamas. C'était très bizarre d'ailleurs. Il manquait la couture dans le dos. Cela devait être la collection de la maison. Ils adoraient se promener le long des allées de graviers blancs. C'était un petit Versailles avec une fontaine en son centre, des bosquets sur les côtés, et des fleurs par milliers.

Maman était assise sur l'un des nombreux bancs longeant l'une des allées. Elle portait des chaussons, un pyjama blanc et un peignoir bleu par-dessus. Elle paraissait calme. Le repos lui avait fait du bien. Il lui avait retroussé les poches sous ses yeux. Elles avaient presque disparu. Ses cheveux étaient attachés en arrière à l'aide d'un élastique. Je pouvais voir les grains de beauté positionnés en triangle isocèle sur son cou. Je connaissais leur forme géométrique par cœur. Assise le dos droit, elle regardait des papillons valser dans les airs au milieu des fleurs. Après une séance de voltige au-dessus des rosiers, un papillon vint se poser sur l'épaule de maman. Il a agité une dernière fois les ailes et les a dépliées pour embrasser la lumière. Ce n'était pas étonnant qu'il choisisse la plus belle des roses pour le faire.

Quand elle nous a vus nous approcher, maman s'est levée et a couru dans notre direction. Le papillon surpris a applaudi de ses ailes pour ne pas tomber avant de s'envoler. Maman m'a serré fort dans ses bras. La tête entre ses seins, je ne pouvais presque plus respirer. Heureusement qu'elle n'en avait pas beaucoup.

— Qu'est-ce que t'as grandi, dis-donc.

— Maman, ça fait à peine une semaine. On ne peut pas grandir en une semaine !

Mais peut-être que maman ne parlait pas de ma taille. Elle avait sûrement raison. Et puis une maman, ça a toujours raison.

Puis elle s'est tournée vers Marcus. Elle ne lui a pas laissé le temps de dire le moindre mot. Elle s'est enroulée autour de lui comme une plante grimpante, n'ayant aucune intention de descendre. Je ne pouvais pas me lasser de les regarder s'enlacer. Elle a senti son parfum, longuement, a caressé sa nuque. Sous ses doigts, sa peau était aussi douce qu'un drap de soie.

— Je suis heureuse de te voir, lui a-t-elle dit avant de déposer un baiser sur son front.

Puis elle a regardé comment j'étais habillé, m'a caressé le visage et m'a mis le bazar dans mes cheveux. Ma coupe au bol s'est transformée en un foutoir capillaire. Marcus s'est moqué de moi en me lançant un clin d'œil lapidaire. Je ne sais pas ce que les adultes ont à tout le temps me toucher les cheveux. Marcus a étudié la question. C'est pour cela qu'il les rase. Cela évite toute tentation. Maman nous a invités à nous asseoir sur le banc qu'elle occupait.

— Bon alors, comment tu vas, mon chéri ? Tout se passe bien à l'école ?

Je n'ai pas osé lui parler de l'idylle ratée entre madame Lavandot et Marcus. Elle avait assez de problèmes à gérer. Alors je me suis lancé dans de simples banalités tout en faisant attention, à peser chacun de mes mots. Chaque gramme avait son importance. Un accent ou une cédille en trop, et un mot pouvait en faire tomber un autre comme une suite de dominos. Je ne savais pas comment lui dire que son absence me faisait autant de mal que de bien. Je ne savais pas comment lui dire que loin de ses crises, je me suis surpris à aimer encore plus à vivre.

Dans une allée du jardin, une femme, les genoux à terre, comptait les graviers. Sur un banc, une autre résidente se penchait d'avant en arrière. Près des arcades, un homme se peignait infatigablement la seule mèche de cheveux qui lui restait. À ses côtés, un autre faisait des déclarations d'amour à une fleur qu'il venait d'arracher. Dans la cour, une dizaine de résidents marchaient calmement, le regard vidé de tout rêve. Un homme brisa soudainement le silence du lieu. Il a descendu en furie une allée en courant. Il s'était accroché un drap de lit autour du cou comme une cape, et chantait la Marseillaise tout en brandissant un manche à balai.

– Alors lui c'est Jean Denis. Vous allez voir, il est très drôle. Il se prend pour un roi. Il a même fait de moi sa marquise !

L'homme qui devait facilement dépasser le quintal, est monté péniblement pieds nus sur un des bancs et s'est mis à crier les bras levés vers le ciel.

– Peuple de mon royaume. Je vous ordonne de vous soumettre à la volonté de Dieu. Lui qui a fait de moi votre guide, menez avec moi la révolution contre l'ennemi.

Dans l'hôpital, il y a des gros messieurs déguisés en infirmiers. Maman les appelle les malabars parce qu'ils ont les bras gros comme des bulles de chewing-gum. Ils sont là pour protéger les infirmières, mais surtout, les patients d'eux-mêmes.

— Qu'est-ce qu'ils font, maman ? je lui ai demandé alors qu'ils ceinturaient le patient qui se défendait avec le manche de son balai.

— Eh bien là, ils empêchent un coup d'État mon chéri. Ils vont prendre le roi Jean Denis et l'enfermer quelques jours dans son donjon. Ce n'est pas sa première tentative de prise de pouvoir. Je crois qu'encore aujourd'hui, la révolution ici, ça attendra.

Marcus ne put s'empêcher de rire.

Maman connaissait la plupart des résidents. La boule, la raison, la foi, la force de vivre. Tous avaient perdu quelque chose en route. Ce n'est pas facile de faire demi-tour dans la vie, pour récupérer ce qu'on a laissé de côté.

Maman a demandé à Marcus s'il pouvait nous laisser seuls quelques instants.

— Bien sûr, Rose. Je vous attends à l'accueil. Prenez le temps qu'il vous faut tous les deux.

Marcus s'est levé et a disparu derrière une porte au bout d'une allée. Maman a sorti des mouchoirs de sa poche. J'ai su alors que ses mots étaient prémédités.

— Mon chéri… Comment te dire ? (Elle a pris une grande respiration.) Voilà. Je ne souhaite plus que tu viennes. Tu me manques énormément, mais je n'ai pas envie que tu gardes cette image de moi, l'image de cet endroit.

Je n'ai pas compris sur le moment. Alors elle a continué.

— Regarde autour de toi, mon chéri. Ils sont tous fous ici. Ce n'est pas un environnement sain pour un enfant de ton âge. Ta maman va s'en sortir, mais laisse-lui le temps.

J'ai protesté. J'ai fait usage de mots que je connaissais à peine. Mais je savais au fond de moi qu'elle avait raison. On s'est serré fort dans les bras. J'ai senti son odeur, sa chaleur. C'est fou comme ça sent bon et comme c'est chaud, l'amour d'une mère. Maman m'a ensuite raccompagné auprès de Marcus. Il était près de la machine à café dans le hall d'accueil. Une dame aux cheveux bruns était assise sur une chaise à ses côtés. Elle lui faisait la conversation.

– Mon enfant, tu as soif ? Je peux t'offrir un chocolat chaud si tu veux.

La dame, la cinquantaine à peine, prenait Marcus pour le plus grand de ses cinq fils. Les infirmières sont venues et l'ont invitée à rejoindre sa chambre.

– Nos excuses, monsieur. Elle voit ses fils partout.

– Ne vous excusez pas. La pauvre… ça doit être affreux.

– D'autant plus qu'elle n'en a jamais eu.

Maman et Marcus ont échangé quelques mots, puis nous sommes partis. Sur le chemin, j'ai repensé à ce que m'a dit maman. Je crois qu'au fond de moi, moi aussi j'avais besoin de cette distance. Je suis monté dans le side-car, mais cette fois-ci derrière Marcus. J'avais besoin de sentir que je n'étais pas seul. J'ai regardé par-dessus mon épaule l'hôpital qui s'éloignait. Déjà, maman me manquait.

La dame homme

Marcus travaillait souvent la nuit. Tous les soirs alors que je m'endormais, c'était le même rituel. Il s'asseyait sur son tabouret en cuir, enlevait son bonnet de docker et retroussait ses manches. Il allumait ensuite une lampe au-dessus de sa table comme celles qu'il y a chez le dentiste et recouvrait ses oreilles avec son gros casque à musique. C'est seulement ainsi qu'il arrivait à composer ses créations. Il écoutait toujours de la musique classique. Elle était si forte que de nombreuses notes de piano, de violon ou de contrebasse arrivaient jusqu'à mes oreilles. Leurs gammes montantes étaient comme des escaliers me guidant aux pays des rêves. Lors d'un déjeuner, je lui ai demandé pourquoi il écoutait des musiques sans paroles. Je lui ai dit que cela doit être aussi ennuyant que de lire des livres sans images.

– La musique classique, Théo, c'est comme le jazz, le bon vin, les films d'auteur, le café, le sport à la télé, porter des pulls qui piquent sans T-shirt en dessous ou dormir nu. Il y a plein de choses au monde, où il faut attendre d'être adulte pour savoir apprécier. Tiens d'ailleurs, il a continué tout en bâillant et en regardant sa montre, je peux rajouter la sieste à cette liste.

J'étais d'accord avec le reste, mais pas avec la sieste. Aucun adulte qui a été enfant un jour ne peut aimer dormir après le déjeuner.

– Allez, bonhomme, va te reposer. Je m'occupe de la vaisselle.

Marcus adore les bougies. Il en allumait tout le temps. Il y en avait dans tous les recoins de son appartement, mais aussi sur sa table d'atelier. Il les choisissait toutes avec des odeurs parfois vanillées, parfois chocolatées. Je lui ai demandé pourquoi il choisissait des bougies qui donnent toujours faim quand on les sent.

– C'est de la gourmandise olfactive. Leurs parfums me rappellent des moments de ma vie, surtout des moments de ma jeunesse. Quand je rentrais de l'école, il y avait souvent un parfum de gâteau au chocolat qui m'attendait pour le goûter. À ton âge Théo, on voit les choses d'un autre angle tu sais.

– On les voit d'en bas. C'est normal, il faut nous laisser le temps de grandir, de prendre de l'altitude.

– Certes, mais il y a surtout beaucoup plus d'innocence, de pureté, de beau. Alors toute mon intention consiste à retourner dans mon enfance, d'y puiser les émotions que je ressentais, celles épargnées par tous les dogmes de cette société, et de les retranscrire dans mon travail. Lorsque j'y arrive, j'invente de nouvelles couleurs, je crée de nouvelles textures. Tu as beaucoup de chance d'avoir ton âge. Tu peux voir des choses que nous, adultes, nous ne voyons plus.

J'ai fait semblant de comprendre ce qu'il disait. J'ai approché une bougie de mes narines. Elle sentait la vanille. Elle m'a rappelé les crises de maman, ses plats au chocolat, mais surtout, sa crème anglaise vanillée. Elle la faisait si bien, qu'on pouvait dire qu'elle était parfaitement bilingue. Voyant que je me perdais dans mes pensées, Marcus a repris.

– Mais surtout, leurs flammes fragiles m'indiquent le moindre courant d'air qui traverse l'appartement. Il n'y a pas plus libre qu'une plume au vent. Elle est conçue pour voler, et rarement pour revenir.

Marcus me laissait jouer avec certaines plumes. Ce n'était jamais celles de premier choix. Elles avaient souvent un défaut de forme ou de coloration. Mais je m'en moquais. Je les découpais puis les collais entre elles. J'inventais le plumage d'oiseaux inconnus. Un soir, Marcus m'a montré comment les piquer sur des carrés de tissu.

– Attends, Théo, j'ai quelque chose pour toi.

Il est revenu de l'armoire avec un de ses T-shirts blanc, troué sous les bras.

– Je te le donne. Il est un peu grand, mais tu peux t'en servir comme tu veux.

Je l'ai déposé à plat sur la table et une à une, je l'ai recouvert de plumes. Une fois que j'avais estimé en avoir collé suffisamment, je l'ai enfilé.

– Regarde, Marcus, je suis un oiseau !

– On va attendre alors avant le premier saut du nid. Tu risquerais de te crasher !

Marcus me partageait chaque soir sa passion. Il me montrait les nouvelles plumes qu'il avait trouvées. Il s'extasiait devant chacune d'entre elles.

– Ça, tu vois, ce sont des plumes de cane.

Il tenait dans sa main de petites plumes se terminant dans une infinité de filaments.

– Elles sont plus grises pour les dames, car elles couvent les œufs. Comme elles ne bougent pas beaucoup de la journée, il faut qu'elles se cachent des renards. Alors que les messieurs qui font les beaux dans les airs toute la journée, sont beaucoup plus flamboyants. Chez les oiseaux, c'est souvent les messieurs qui font le plus attention à leur garde-robes.

Je regardais Marcus déposer les derniers points de colle sur les coutures d'une anse d'un sac en cuir. Au bout de sa spatule, il avait la dextérité d'un joaillier. Je me demandais comment des doigts aussi musclés pouvaient faire preuve d'autant de précision. Cela faisait des jours qu'il travaillait sur cette création.

– C'est bon, j'ai enfin fini ! Qu'est-ce que tu en penses ? Il te plaît ?

Marcus a levé le sac afin de pouvoir l'observer dans la lumière du jour qui passait à travers la fenêtre. Il a regardé les reflets sur le vexille, s'est assuré que chacune des plumes était brossée dans le bon sens.

– Moi, je crois bien que c'est bon (il a jeté un œil à sa montre). On a encore le temps de le livrer aujourd'hui. Qu'en dis-tu, Théo ?

J'en disais que j'adorais faire des tours en side-car. J'en disais que la vie était si simple à ses côtés. J'en disais que j'adorais ce sac, j'adorais mon nouveau lit, j'adorais ma cabane, j'adorais Marcus. Il y avait trop de choses à dire pour une bouche d'un enfant de dix ans, alors j'ai choisi de ne rien dire. J'ai dû simplement hausser les épaules pour lui signifier « d'accord on y va ». Avec Marcus on ne parlait pas beaucoup. Ou plutôt, on n'arrêtait pas de parler, mais avec les yeux.

Marcus a soigneusement emballé le sac dans une grande étoffe de tissu blanc.

Nous sommes descendus jusqu'au garage où nous avons retrouvé Isabelle. Il a allumé le moteur. Marcus a enfilé son épaisse tenue en cuir. Je me suis installé dans le panier et nous sommes partis. Nous avons remonté les routes de banlieue jusqu'au périphérique. Marcus me regardait de temps en temps pour voir si j'allais bien. Bien sûr que j'allais bien. Nous avons remonté l'Avenue Foch. Marcus s'est inséré sur le rond-point de l'Étoile. La route en pavés me faisait décoller de mon siège. Voyant que cela m'amusait beaucoup, Marcus a refait des tours du rond-point. Le soleil se couchait entre les colonnes de l'Arc de Triomphe. Marcus a finalement bifurqué sur l'avenue de Friedland et a continué jusqu'à l'Opéra. Je n'avais jamais vu le palais Garnier. En voyant ses deux statues d'or sur son toit, je me suis demandé pourquoi aucun voleur ne s'était encore risqué à escalader le bâtiment pour les dérober. Nous avons monté les marches jusqu'à l'accueil.

– Bonjour, madame. Je viens livrer un colis.

– C'est pour ?

– C'est pour Astrid Duval. Elle est au courant de mon passage.

– Très bien, je la préviens de suite.

Alors que Marcus signalait sa présence, moi, je déambulais dans l'immense hall au pied de l'escalier se séparant en deux dans sa partie supérieure. L'Opéra, ce n'est pas comme la musique classique. Il n'y a pas besoin d'être adulte pour apprécier. Je n'avais jamais vu autant de chandeliers, de statues, de plafonds colorés, de marches d'escaliers, de peintures dorées, et tout cela, au même endroit.

— Ferme la bouche, Théo. Ta langue va toucher le sol ! Et fais attention où tu te promènes. Il y a des rumeurs qui disent qu'ici un fantôme se promène.

Il ne m'en a fallu pas plus pour retourner auprès de lui. La dame de l'accueil clignait beaucoup des yeux. Elle avait mis tellement de mascara sur ses cils qu'ils restaient parfois collés. Elle avait caché son sourire sous un épais rouge à lèvres et ses formes dans une longue robe noire à points blancs. Elle avait un léger surpoids.

— Oui, Astrid, il y a quelqu'un pour toi (elle a mis sa main sur le téléphone pour étouffer le son). Et pardon, vous êtes ?

— Marcus, le plumassier.

— Le… pardon ?

— Dites-lui simplement que c'est pour son sac.

— C'est pour votre sac, apparemment. Oui. Très bien, je le fais patienter.

La dame a raccroché le combiné. Elle n'avait pas l'air maline. Même moi je savais ce qu'est un plumassier depuis qu'il me l'avait dit. Je me suis donc mis sur la pointe des pieds pour m'accrocher au comptoir et je lui ai demandé :

— Vous voulez que je vous dise ce que c'est ?

— Pardon, mon garçon ? elle m'a répondu étonnée.

— Plumassier. Vous voulez savoir ce que c'est ?

— Mais avec plaisir !

Je lui ai alors raconté l'histoire des plumes de cane, la façon de teindre les plumes, les différents types de plumes. Elle était si passionnée par ce que je lui disais, qu'elle s'était même arrêtée de cligner des yeux.

Une dame en pantalon et en pull très fin est arrivée dans le hall d'entrée. C'était Astrid, une ancienne danseuse étoile maintenant directrice de la maison. Elle avait les cheveux courts. Une mèche de cheveux recouvrait son œil droit, comme un pirate, mais en sacrément plus jolie. Elle était si mince que l'on pouvait voir ses clavicules dans le col de son décolleté. Elle avait les seins de la taille de maman. Il paraît que les femmes qui dansent beaucoup dans leur jeunesse ont des petits seins. La femme de l'accueil n'avait pas dû beaucoup danser. Marcus et Astrid se sont salués en se disant plein de compliments : « comme tu es belle », « tu es resplendissant ». J'ai compté, ils se sont ensuite fait cinq fois la bise.

– Allons dans mon bureau. J'ai hâte de voir ce que tu m'as préparé.

Nous avons monté les marches de l'escalier principal, poussé une première porte, avons pris de nombreux couloirs, poussé une deuxième porte, un nouveau couloir, puis nous sommes enfin arrivés. Marcus a déplié l'étoffe de tissu. Le sac était intact.

– Oh, Marcus, il est magnifique !

Madame Duval a mis la lanière du sac sur son épaule. Elle a marché dans son bureau. Elle s'est regardée dans le miroir. Son sac paraissait voler à côté d'elle.

– Il est parfait, Marcus. Parfait.

– Théo, m'a-t-elle dit soudain, est-ce que ça te dirait d'aller voir ce qui se cache derrière le rideau pour te remercier d'avoir accompagné Marcus ?

Un peu intimidé, j'ai simplement haussé les épaules.

– Je crois que cela veut dire oui !

Nous avons repris des couloirs, poussé de nouvelles portes. Lorsque des danseurs passaient, tous lui faisaient la révérence. Elle était la reine ici. Mais elle n'était pas comme le roi de l'hôpital. Elle n'avait pas besoin de manche à balai, pour diriger les danseurs de son ballet. Son talent suffisait.

– Bienvenu sur la scène, Théo. Tu as devant toi mille neuf cents places assises.

Comme je n'avais encore jamais compté jusque-là, je lui ai fait confiance. N'osant pas m'avancer seul, je suis resté à hauteur de Marcus. J'ai regardé le sol. Il penchait.

– Tu l'as bien remarqué. En effet, le sol est en pente. C'est pour permettre aux personnes des premiers rangs de voir l'ensemble des danseurs. Ici, il n'y a ni de droite ni de gauche. Tu as le jardin ici et la cour de l'autre côté. Dis-moi, mon garçon, est-ce que tu veux danser ?

J'ai regardé Marcus pour avoir ses sentiments sur la question. Je n'avais jamais dansé avec quelqu'un d'autre qu'avec maman.

– Vas-y, bonhomme, ce n'est pas tous les jours que tu pourras le faire.

Madame Duval m'a alors pris par la main et m'a fait valser au milieu de la scène. Elle m'a entraîné dans sa danse. Puis, tout à coup m'a soulevé des planches. Elle m'a porté dans les airs comme jamais maman ne l'avait fait. Les lumières de la scène tournaient si vite autour de moi qu'elles étaient devenues de fines bandes lumineuses. Ses mains me serraient fermement sous mes bras afin de m'empêcher de m'envoler tel un faucon jusqu'au premier balcon. J'ai crié de plaisir. Je ne m'étais jamais senti aussi vivant. Madame Duval m'a reposé à terre. Ma tête tournait encore. Marcus nous a applaudis.

– Tu ferais un excellent danseur étoile, Théo !

Durant quelques instants, j'ai titubé comme maman après une bouteille de rhum. Mon regard était tout ambré. Puis Astrid nous a emmenés dans un autre dédale de couloirs. Au bout de celui-ci, nous sommes finalement arrivés aux loges.

J'ai vu ce jour-là, une des plus belles choses de ma vie d'enfant. Une pluie de tutus descendait du plafond comme des nuages en suspension. Ils les gardaient ainsi, pour qu'ils gardent leur forme de parapluie. Il y avait aussi des robes, des tissus, des costumes. J'avais envie de tous les toucher, de tous les essayer.

En repartant, nous sommes passés devant une salle où une troupe de danseuses répétaient leurs classes. Je me suis arrêté sur le seuil de la porte. Je n'en croyais pas mes yeux. Sur la pointe des pieds, les danseuses touchaient à peine terre. En me voyant comme hypnotisé, Astrid s'est retournée pour venir à mes côtés.

– Tu reconnais cette musique ? C'est « Le Lac des Cygnes » de Tchaïkovski. Un des ballets les plus connus. Elles répètent pour la représentation de demain.

Astrid m'a raconté l'histoire d'Odette et de tous les cygnes. Mais je ne l'écoutais pas. C'était la première fois que je voyais des étoiles briller en plein jour.

Après l'école, j'accompagnais Marcus dans toutes ses tournées. J'ai découvert les loges des cabarets, les dessous des salons de coutures, les arrière-boutiques du monde de la nuit. La nuit a quelque chose de magique, de mystique. Dans un cabaret situé près d'un Moulin Rouge, Marcus m'a emmené un autre soir avec lui livrer une collerette de plumes à l'un de ses clients. Marcus m'a installé dans un canapé en peau de léopard dans le hall d'entrée. De mon siège, je pouvais entendre des spectateurs applaudir dans la salle de spectacle.

— Tu m'attends là. J'en ai pour deux minutes, m'a-t-il dit.

Marcus a poussé une porte battante et s'est enfoncé dans de longs couloirs. Alors que je comptais le nombre de tâches sur la peau du malheureux matou sauvage, une dame aux longs cheveux blonds est apparue. Elle portait un petit sac en bandoulière. Elle avait de grands talons noirs, des jambes aussi hautes que la Tour Eiffel, et au troisième étage de ses tours tombait une robe recouverte de paillettes. Elle était très maquillée, avait une barbe comme Marcus, mais je l'ai trouvée très belle. Sur son cou, sa pomme d'Adam était d'un rond parfait. Elle avait résisté à l'attaque de nombreuses morsures d'amants végétariens.

— Théo ? m'a-t-elle demandé en me regardant.

La dame avait la voix d'un homme. Mais cela lui allait très bien. Moi aussi si j'avais été une femme, j'aurais aimé avoir cette voix-là.

— Oui, lui ai-je simplement répondu, tout intimidé.

— J'ai croisé Marcus. Ça va être un peu plus long que prévu. Il m'a demandé de veiller sur toi le temps qu'il fasse ses ajustements.

La dame homme s'est assise à côté de moi et a croisé ses jambes.

— Enchantée, moi c'est Dona Summer, mais tu peux m'appeler juste Dona, m'a-t-elle dit en me tendant la main.

Je l'ai observée interrogateur avant de serrer sa main gantée. Elle avait beaucoup de force dans les doigts. Je l'ai regardée longuement. Je ne savais pas comment lui demander.

– Dona… c'est le prénom d'une femme ?

Elle a rigolé en portant ses longs doigts devant sa bouche recouverte de rouge à lèvres avant de me répondre.

– Quelle importance, mon petit chat ? Ici nous sommes qui nous souhaitons être. Une femme, un homme… Pourquoi devons-nous choisir à la fin ? Ici, tu peux être qui tu veux.

La dame homme faisait de grands gestes de son avant-bras quand elle parlait.

J'ai parcouru du regard ses longs cils relevés, sa bouche dessinée au crayon noir, ses joues saupoudrées de blanc. Elle était comme un tableau vivant. Voyant que je l'observais, elle a repris :

– Je sais ce que tu dois penser. Ça fait bizarre, non ? Un homme, déguisé en femme… Tu n'en avais jamais vu avant, dis-moi ?

Elle avait raison. C'était la première fois.

– Si. Une fois, lui ai-je finalement répondu l'air affirmé.

Je ne voulais pas passer pour un ignare. Je lui ai quand même demandé ce que cela faisait d'être maquillé ainsi.

– C'est très compliqué à expliquer. Disons que c'est une forme de liberté. Ça me permet de m'évader.

– De quoi ?

– Des autres. De la vie, et de mes soucis… Mais peut-être que ça te plairait d'essayer ?

Cela paraissait lui tenir tellement à cœur que je n'ai pas osé dire non. La dame homme a sorti du maquillage de son petit sac. Elle m'a caressé le menton et le bout du nez de ses nombreux pinceaux. Cela me chatouillait le visage.

– Ferme les yeux. Ouvre-les. Ferme la bouche…

Je me contentais de l'écouter, de me laisser guider.

– Voilà c'est fini, m'a-t-elle finalement dit après un dernier coup de pinceau.

Dona m'a tendu un petit miroir de poche. Je me suis regardé dans le petit rond. Mon reflet était si beau, que je croyais que ce n'était pas le mien. En me touchant le visage, j'ai compris que si, il m'appartenait bien.

— Ah, eh bien, je vois que tu as fait la rencontre de Dona ! (Marcus est apparu au même moment dans le hall d'entrée.) Tu ne peux pas t'en empêcher, toi ! lui a-t-il dit.

— Non, mais regarde comme il est mignon comme ça !

Dona avait raison. Pour la première fois de ma courte vie, je me suis senti beau.

Et puis c'est enfin arrivé. Maman a été autorisée à sortir de l'hôpital. Nous sommes allés la chercher. Elle nous attendait déjà près de l'entrée lorsque nous sommes arrivés.

— Il est temps de rentrer à la maison, nous a-t-elle simplement dit.

Marcus nous a raccompagnés avec son side-car. Il avait tout préparé pour son arrivée. Il avait dispersé des bouquets de chrysanthèmes dans toutes les pièces de l'appartement. Il y en avait des rouges, des vertes, des jaunes et de plein de couleurs que je ne connaissais pas. Il avait nettoyé, rangé et effacé toutes les traces des crises de sa folie passée. Nous avons dîné ensemble. Maman nous a préparé un ragoût de mouton aux poireaux et raisins confits. C'était la première fois qu'un homme dînait à la maison avec maman et moi. Je tenais tellement à ne perdre aucune seconde de ce moment, que je me suis endormi sur le canapé pendant qu'ils continuaient de discuter. Marcus m'a porté jusque dans mon lit. Tard dans la nuit, Marcus était sur le point de partir, quand maman lui a demandé de rester dormir.

La visite

Le lendemain matin, nous sommes tous les trois allés nous promener dans le parc en bas de notre immeuble. Parfois je regardais discrètement derrière mon épaule afin de voir si maman et Marcus se tenaient par la main. J'ai croisé monsieur Sarda et un peu plus loin Moustache. Je crois qu'il a ressenti à quel point j'étais heureux ce matin-là. Il me l'a montré en me léchant langoureusement le visage. Il y a mis tant de cœur que mes sourcils sont restés collés sur mon front. On a jeté des miettes de pain aux canards dans l'étang. Maman a essayé de leur parler en langage des signes, mais ils n'ont rien compris. C'est stupide un canard. J'ai cueilli des fleurs pour maman et des plumes pour Marcus. Il les a coincées dans la chevelure de maman. Elle en avait tellement que j'avais peur qu'elle s'envole. Je lui ai alors pris la main pour ne plus la lâcher.

J'étais heureux, véritablement heureux. Mais j'avais peur. Peur que tout dégénère à nouveau, peur qu'elle veuille encore rejoindre papa là-haut. J'étais heureux que Marcus soit là. Il était le ballast à sa montgolfière, une raison de plus pour vouloir rester sur terre.

Marcus s'est saisi d'une longue tige de bois. Quand j'ai compris qu'il dessinait sur le sable une partie de marelle, je lui ai demandé de ne pas tracer la dernière case, celle du ciel. Il a eu un sourire nerveux.

– T'en fais pas, bonhomme. Ta maman va beaucoup mieux.

Marcus m'a fait lancer un caillou le premier. On a joué chacun notre tour. La partie était très serrée. Maman avait une longueur d'avance. En la voyant si habile debout sur un pied, je me suis dit qu'elle portait sacrément bien son nom. Le dernier tour arrivait. Maman a réussi à placer son caillou tout au bout du jeu. À cloche-pied elle a sauté de case en case.

Arrivée sur celle du ciel, elle a marqué un temps d'arrêt, quelques secondes qui m'ont paru ne éternité. Retourne-toi maman, je t'en prie. Retourne-toi et reviens, n'arrêtais-je pas de penser dans ma tête.

Maman était comme un flamant rose prêt à s'envoler. Elle ne bougeait plus. Les secondes passaient.

– Je ne peux pas aller au ciel, mon chéri. C'est bien trop haut. Tu sais que j'ai le vertige.

Je n'y avais jamais pensé avant. Comment ils font pour monter dans le ciel, les gens qui ont le vertige ?

Maman s'est alors retournée pour rejoindre la terre. J'étais rassuré.

Nous sommes retournés à l'appartement. Maman est allée dans la cuisine préparer un gâteau au chocolat pour le goûter. Avec Marcus, nous nous sommes installés à la table du salon. J'ai débouchonné un stylo et maman une bouteille pour fêter son retour parmi nous.

On adorait jouer au pendu avec Marcus. Pour ne pas faire mal au malheureux encordé, on rajoutait toujours sur les planches, un tabouret à quatre pieds. Cela donnait plus de chance à l'adversaire de trouver le bon mot, mais surtout au jugé d'avoir la vie sauvée. L'odeur du chocolat cuisant dans le four a envahi le salon. Même le condamné au bout de sa corde en a profité. Je comprends que certains n'aiment pas le chocolat. Mais je suis certain que tout le monde aime son odeur. Moi, je ne suis pas raciste. Noir, marron ou blanc, je l'aime de toutes les couleurs. J'espère que ma jeunesse sentira toute ma vie, le parfum de chocolat.

Alors que je n'arrivais pas à trouver les deux dernières lettres, quelqu'un a sonné à la porte.

– Je m'en occupe, cria maman depuis la cuisine.

Elle est allée ouvrir. Nous avons entendu un simple bonjour. Puis maman a claqué violemment la porte emportant un peu d'odeur du gâteau dans le couloir. Ça a fait comme un bruit d'éclair au chocolat. Marcus s'est aussitôt levé l'air inquiet. Il était moins une pour le pendu. Maman s'est mise à crier.

– Partez tout de suite. Je ne veux pas vous voir.

– Mais…

– PARTEZ JE VOUS DIS !

– Qu'est-ce qu'il y a, Rose ? a chuchoté Marcus impuissant.

– Laisse-moi, toi aussi, elle lui a répondu sèchement.

Maman a cogné dans la porte avant de s'adosser à elle. Marcus a voulu la prendre dans ses bras, puis s'est retenu de le faire.

– Rose, on sait que tu nous entends. Un ami de ton père nous a prévenus pour ton hospitalisation. Dès que nous l'avons su, nous avons essayé de venir te voir à l'hôpital. Mais tu en étais déjà partie.

– ALLEZ-VOUS-EN TOUT DE SUITE, JE VOUS AI DIT.

– Rose, ma fille. On se fait du souci pour toi et pour Théo. Nous avons essayé d'appeler, nous t'avons écrit des lettres à n'en plus savoir compter. Qu'est-ce que tu veux qu'on fasse ? Nous nous sommes excusés des centaines de fois. Nous sommes malgré tout toujours tes parents. Rose, s'il te plaît…

– Ta mère a raison, a repris une voix d'homme. Vous nous manquez toi et Théo. Mon ange, ouvre s'il te plaît. Réparons ce qui peut l'être...

Derrière la porte, les deux voix devenaient tremblantes exactement comme quand maman me parlait durant ses séances de sport.

– Il n'y a rien qui peut être réparé. Je n'ai pas besoin de vous. S'il vous plaît, allez-vous-en.

– Mais…

– ALLEZ-VOUS-EN, elle a répété de toutes ses forces.

Ça m'a gelé le sang. Marcus s'est retourné et m'a dit d'un regard désolé.

– Mon bonhomme, tu peux aller dans ta chambre s'il te plaît ?

Maman était maintenant à terre derrière la porte. Elle avait les genoux recroquevillés contre son corps. J'avais le moral dans une chaussette orpheline. Marcus ne sachant que faire m'a accompagné. Ceci ne le concernait pas. Il le savait.

Papi et mamie étaient juste là, à quelques mètres de moi sans que je puisse les voir. Ils connaissaient mon existence. Ils connaissaient mon prénom alors que moi, je ne connaissais même pas les leurs. Je ne savais même pas à quoi ils ressemblaient.

En remontant le couloir, j'ai regardé maman effondrée au sol. Je ne savais pas si je devais les aimer ou les détester. Alors j'ai fait les deux en même temps. Ça faisait beaucoup. Arrivé à ma chambre, Marcus a fermé délicatement la porte.

– Tu attends là, je reviens tout de suite.

Je n'avais aucune envie de jouer. Je l'ai alors ouverte légèrement, juste suffisamment pour pouvoir les écouter. J'ai entendu leurs voix de vieilles personnes. Même la voix prend des rides avec le temps. Le temps, on devrait le mettre en prison pour tout ce qu'il emporte avec lui, tout ce qu'il nous vole.

– Comme tu le souhaites, ma chérie. Sache juste que nous sommes là si tu as besoin. Nous serons toujours là pour toi et pour Théo.

– Allez-vous-en ! suppliait maman à bout de voix.

J'ai regardé par la fenêtre de ma chambre, il y avait une très belle voiture garée en bas de notre immeuble. C'était la seule sur le parking à ne pas avoir de toit. Elle était de couleur métallique. Sa carrosserie reflétait les autres voitures comme dans un miroir. De ma fenêtre, je pouvais voir l'intérieur. Il y avait des sièges rouges comme du vernis à ongles et son volant était en bois comme un gouvernail de bateau.

Deux personnes sont sorties de notre immeuble. Lui était grand, très grand. Il portait un chapeau noir, j'avais du mal à voir son visage. La femme à ses côtés avait de longs cheveux bouclés avec une frange au-dessus du front. Elle portait un tailleur bleu, une chemisette et des gants blancs. Qui porte des gants quand il fait beau ? Elle était très classe. Est-ce que ce sont eux ? C'est donc à ça que ça ressemble des grands-parents ?

Quand ils sont arrivés à hauteur de la décapotable, ils ont regardé dans ma direction. J'étais démasqué. Nos regards se sont croisés. Je me suis alors aussitôt assis contre le mur, à l'abri sous la fenêtre. J'ai attendu. Le temps que j'ose regarder à nouveau, la voiture partait au loin. Une odeur âcre s'est engouffrée dans le couloir. Elle s'est glissée sous ma porte et est entrée dans mes narines. Les odeurs, je ne sais pas comment elles font pour les trouver à chaque fois. Les plus douées d'entre elles sont les odeurs de cacahuètes caramélisées, de hamburgers, de marrons grillés et de pop-corn, surtout ceux du cinéma. Elles sont capables de repérer des narines à plusieurs dizaines de mètres. Mais celle-ci était différente. C'était une odeur de chocolat cramé. Le gâteau avait brûlé.

Et dire que c'est comme ça que tout a commencé

Après la visite de papi et mamie, l'état de maman s'est de nouveau vite dégradé. Alors qu'elle était déjà très maigre, elle s'est mise au régime en ne mangeant plus que ses médicaments. Ils l'assommaient comme un boxeur après un K.O. sans cordes pour la retenir. Par précaution, il faut toujours enlever les cordes et les tabourets sur un ring, quand un des boxeurs est en dépression.

Maman m'a dit qu'elle était suivie par un psychiatre. C'était une des conditions que les médecins de l'hôpital avaient exigées, pour autoriser une sortie anticipée.

Cela m'a beaucoup inquiété qu'elle soit suivie. D'autant plus que je ne sais pas à quoi ça ressemble un psychiatre. Il était sacrément discret parce que je n'ai jamais réussi à le voir. Lorsqu'on marchait dans la rue ou dans le parc, souvent je me retournais. À force de croire qu'un psychiatre la suivait, je finissais par moi aussi devenir fou. Assez fou pour en suivre un également. Maman m'a demandé ce que je regardais avec cet air inquiet. Elle m'a alors expliqué.

– Ne t'en fais pas. Un psychiatre, c'est un médecin qui soigne par des mots. Je dois simplement lui rendre visite une fois par semaine. Je fais semblant de parler et il fait semblant de m'écouter.

Je ne savais pas qu'on pouvait soigner par des mots. Je ne suis pas médecin, je ne suis pas assez malin. Mais j'ai moi aussi, essayé de la soigner. Je me suis demandé lesquels soignent le plus. Ne sachant pas, je les ai alors tous essayés en lui lisant le dictionnaire quand elle dormait. Mais à part quelques ronflements provoqués à l'évocation des mots « hibernation »,

« gingembre » et « stupéfait », aucun d'entre eux ne lui a fait de l'effet.

Malgré mes efforts pour la garder, chaque jour, maman se retirait un peu du réel. Elle restait recluse sur elle-même, en autarcie dans son propre pays. Sa folie l'avait renversée par un coup d'État. Sa maladie en avait fermé les frontières, sans me laisser le temps d'obtenir un visa. C'est pourtant le plus beau pays que je connaisse. Je m'y suis promené lorsque nous jouions au jeu du regard. Alors qu'elle plongeait dans mes yeux pour y retrouver papa, j'ai plongé, moi aussi en elle. Dans ses yeux, je me suis perdu dans son passé, je l'ai remonté. J'y ai vu son enfance. Elle était si heureuse. Elle portait toujours des petites robes de toutes les couleurs. Elle courait au milieu des vignes, arrachait les raisins gonflés par le sucre, les mangeait par grappes entières et allait à table sans même se laver les mains. Elle n'avait jamais faim à l'heure des repas. Papi la grondait, parfois la frappait d'un revers de main.

— Je t'ai déjà dit de ne pas te gaver avant le déjeuner ! qu'il criait.

Cela faisait beaucoup pleurer maman. Elle se réfugiait auprès de mamie qui toujours la réconfortait. Petite, maman aimait jouer à cache-cache avec les employés du domaine, courir entre les jets de l'arroseur automatique en faisant exprès de se faire mouiller, faire des dérapages en vélo dans les graviers de l'allée, marcher sur un tonneau vide dans la cave sans tomber, crier dans le puits du jardin et attendre patiemment son écho. Maman aimait ce puits. Elle y déposait tous ses secrets.

Malgré la rigueur de son éducation, dans ses souvenirs de jeunesse, le ciel est resté bleu, les fleurs chantaient et les oiseaux riaient. À travers ses yeux grands ouverts, j'ai pu remonter le temps. J'ai marché sur les chemins de son adolescence. J'ai croisé sa rencontre avec papa, sur le ponton d'un lac en plein été. Il venait d'entrer dans une école militaire située à deux, trois villages du domaine. Il lui racontait ses entraînements, ses marches de jour, ses nuits sans dormir. Il a dit à maman que plus tard, il partirait sûrement en mission aux quatre coins du monde. Mais cela ne lui faisait pas peur. Il a ajouté :

— À vrai dire, je n'ai peur que d'une chose.

— Mourir ? lui a demandé maman ?

— Non, Rose. Seulement oublier la forme de ton sourire.

Maman a aussitôt rougi et gonflé ses joues comme un rouge-gorge.

— Arrête de dire des bêtises.

Gênée devant ce compliment, elle l'a jeté à l'eau tout habillé, avant de le rejoindre. Et elle l'a l'embrassé. C'est à cet instant qu'ils se sont aimés. Ils se sont donné rendez-vous tous les après-midis pour se promener, aller caresser les chevaux des fermes d'à côté et voler du miel aux abeilles, en essayant de ne pas se faire piquer. Ils passaient leur temps à faire et à refaire le monde, à jouer comme des enfants. Ils couraient main dans la main en espérant que le temps ne les rattrape jamais. Après leurs aventures, ils aimaient faire la sieste à l'ombre des bottes de foin ou à l'ombre des larmes tombantes d'un saule pleureur.

Maman était si heureuse avec lui qu'elle a décidé de le présenter à ses parents. Mamie l'a accueilli tout de suite comme un nouveau membre de la famille. Papi, lui, a interdit à maman de le revoir.

— Tu ne vas pas salir notre nom pour le compte d'un bleu sans éducation ! Je t'interdis de le revoir. Tu m'entends. JE TE L'INTERDIS !

Papi aimait taper le poing fermé sur la table pour clore les discussions à la manière d'un commissaire-priseur. Mamie a essayé de le raisonner un peu plus tard dans la soirée.

— C'est le bonheur de ta fille qui compte plus que tout. De toute façon, elle est encore jeune. Un jour elle comprendra.

Mais les mots de mamie n'ont rien changé. Maman aimait papa plus que la vie. Elle a alors décidé de le voir en cachette. Papa l'attendait tous les soirs à minuit au portail du domaine. Maman quittait sa chambre par la fenêtre et courait pieds nus auprès de lui. Les graviers affûtés de la cour lui faisaient si mal que des larmes lui montaient parfois au coin des yeux. Mais elle s'en moquait. Dans sa main, elle tenait toujours un mouchoir en tissu. Mais ce n'était pas pour essuyer ses larmes. Non. Chaque soir, elle y mettait discrètement sous la table quelques restes du dîner. Ils étaient destinés à Nestor, le chien du gardien qui veillait sur l'entrée de la propriété. C'est ainsi qu'elle le soudoyait, pour qu'il ne dise rien.

Maman et papa se promenaient toutes les nuits main dans la main, invincibles. Ils s'allongeaient dans les hautes herbes et contemplaient les étoiles. Papa était incollable sur les constellations. C'était pour lui une véritable passion.

– Regarde là. C'est celle du poisson austral. Tu le vois avec sa gueule ouverte ?

Maman alignait son regard sur le doigt de papa et se laissait guider.

– Et là, cette étoile rouge, c'est Bételgeuse. Elle dessine l'épaule gauche du chasseur Orion.

Il lui a montré la constellation du Scorpion, du Sculpteur, celle du Petit Renard et Cassiopée, sa préférée.

Et puis un soir, alors qu'ils étaient couchés côte à côte dans un pré, elle lui a demandé de poser sa main sur son sein. Elle voulait le sentir au plus près de son cœur. Puis, elle a enlevé sa robe. Elle lui a présenté un stylo noir. Elle lui a montré du doigt ses nombreux grains de beauté qui arboraient son bras, son ventre, ses jambes et remontaient en haut de ses cuisses.

– J'ai envie que tu dessines les constellations de mon corps. J'ai envie que tu les inventes. J'ai envie que ma peau porte tes mots.

Maman était nue, totalement nue, allongée à côté de lui. Il a déposé un regard aussi doux qu'une caresse sur son corps. Il a regardé l'alignement de ses grains de beauté avant de tracer les premières lignes, les premières formes du bout du feutre noir. Il a dessiné ainsi la constellation du chat à pinces à partir des grains de beauté de son bras, du marteau en coton sur l'épaule et celle du jaguar en kimono en bas du dos. Puis papa s'est dévêtu à son tour. Sa peau était lisse. Mais elle était aussi vierge de toute pigmentation. Maman a tracé alors sur son torse musclé des constellations inventées. Elles avaient toutes un point commun. Leur forme en cœur. Cela chatouillait beaucoup papa.

— Arrête, je t'en prie. Arrête, disait-il en riant.

Maman l'a écouté. Elle a posé le stylo et l'a embrassé. Ils ont fait cette nuit-là, l'amour pour la première fois. Les nuits suivantes, ils le firent à nouveau encore et encore dans des champs de fleurs, dans le foin des écuries, dans les cascades du ruisseau. Quelques semaines plus tard, alors qu'ils étaient allongés à regarder les étoiles, papa lui a annoncé la nouvelle.

— Je n'ai pas osé te le dire plus tôt. J'ai réussi mes examens. Les affectations sont tombées. On m'envoie demain dans une caserne à l'autre bout de la France.

Maman a voulu le suivre. Mais il a tout d'abord refusé. Il lui a promis qu'il viendrait lors de toutes ses permissions. Et c'est ce qu'il a fait. Au petit matin avant de partir, papa lui a offert un bouquet de pierres, pour que jamais il ne fane.

Assis sur ce canapé, en pleine partie de jeu du regard avec maman, j'ai ressenti sa douleur. Après le départ de papa, les efforts de mamie pour la réconforter n'ont rien changé. Nestor, le chien du gardien avait lui aussi compris. Il n'avait plus le droit à son goûter, au parfum de la nuit.

Maintenant quand je pense au regard de maman, je n'y vois que sa folie. Je la sais destructrice. Mais elle est à la fois si belle, qu'elle en devient cruelle. Je revois des vallées de nénuphars, des dunes de sable enneigées, des mers de montagnes et des flaques de ciel. À la terrasse des cafés, on y mange des rouleaux de printemps tout l'été, et on lit dans les journaux les faits divers même en automne. Dans ses yeux le vent emporte le temps. Il flotte dans le reflet des lacs, des nuages authentiques d'où bondissent des tigres rouges. Dans ses yeux, il règne la furie des lions, le silence des papillons. C'est à travers ces paysages qu'à présent elle voyage.

Maman s'enfonçait un peu plus chaque jour dans son monde. Je me demandais chaque matin comment elle faisait pour encore travailler. Parfois, elle remontait à la surface le temps d'un film ou d'une journée. Elle en profitait pour me dire à quel point elle m'aimait. Marcus ne nous a pas laissés tomber. Loin de là. Comme maman lui avait donné le double des clés, il passait presque tous les jours quand il le pouvait. À chaque fois il apportait de quoi manger. Il faisait la cuisine, et après le dîner, prenait toujours du temps avec moi pour jouer.

Après avoir pendu un grand nombre de désespérés, nous avons opté à l'unanimité pour des jeux plus pacifistes. Nous avons ainsi modelé des animaux en pâte à sucre, qui sont bien meilleurs à manger que leurs confrères de sel. Nous avons joué à Jacques a dit. Il avait toujours quelque chose à dire. Nous avons joué aux dames et aux petits chevaux. Ils ont galopé des soirées entières sur la table du salon, à sauter des écuries au plateau de jeu. Un jour, monsieur Sarda est monté l'air un peu embarrassé. Il nous a demandé si nous aussi, nous entendions des bruits de sabots depuis quelques jours. Marcus lui a répondu que non.

– C'est sûrement ce satané tiercé qui me monte à la tête !

Voyant que son état ne s'améliorait pas, Marcus a pris maman un jour entre quatre yeux. Je suis sûr qu'il en aurait rajouté plein d'autres s'il avait pu tellement c'était important ce qu'il voulait lui avouer. Il lui a dit que cela ne pouvait plus continuer comme ça. Il lui a dit qu'elle était malade, et qu'elle devait retourner à l'hôpital. Maman est soudainement montée sur ses grands chevaux. Elle a crié au scandale. Elle est entrée dans une colère folle, encore plus folle que sa folie. Elle lui a répondu qu'il n'était personne, et qu'il ferait mieux de nous laisser tranquilles dorénavant. Marcus n'a pas compris son énervement. Maman l'a jeté dehors tout en lui criant dessus. Marcus ne s'est pas défendu. Bien que ce soit lui qu'elle frappait tout en le poussant jusqu'à la porte, je crois que c'est moi qui ai eu le plus mal.

Les prêteurs sur gages sont pires que les tueurs à gages

Les jours passaient et se ressemblaient tellement que je ne savais plus si on était hier ou demain. Maman s'est mise à tellement dormir que parfois, elle passait de l'un à l'autre sans même passer par aujourd'hui. Doit-on prendre en compte les jours non vécus quand on dit notre âge ?

Maman avait perdu le goût de tout. Elle était comme ces résidents qui marchaient dans la cour de l'hôpital, mais sans mur pour la retenir. Et puis un jour, elle a arrêté de prendre ses médicaments. Elle voulait se sentir à nouveau vivante, ressentir la vie, même si elle lui faisait souvent mal. Sa folie a tout de suite repointé le bout de son nez. Malgré les relances de l'entreprise d'électricité, maman ne voulait plus travailler. Elle disait souvent que la vie, ce n'est pas fait pour passer des articles à la caisse. Car de toute façon, on y passera tous.

Elle disait que le temps passait trop vite, et qu'il fallait profiter de chaque instant. Elle voulait rattraper le temps perdu avec moi. Nous nous y sommes alors attelés.

Afin d'optimiser nos chances, nous avons décidé de nous répartir les pièces de l'appartement. Maman courait après le temps dans le salon et la cuisine et moi dans les chambres et la salle de bain. Je courais d'une chambre à l'autre, sautais par-dessus un lit, rampais par-dessous l'autre. Je n'ai laissé au temps aucun répit. Dans les autres pièces de l'appartement, maman faisait de même. Mais malgré nos efforts, nous n'avons pas réussi à le rattraper. Maman et moi, on était tellement essoufflés qu'on était tout palpités. J'avais même des mouches devant les yeux.

— Au fait, maman, à quoi ça ressemble le temps ?

Maman était perplexe.

— Je n'en sais rien, mon chéri. Je n'ai jamais réussi à l'arrêter pour pouvoir l'observer de près. Mais on dit que les temps sont durs. C'est peut-être une piste.

N'étant guère plus avancé, je lui ai suggéré qu'on fasse appel aux talents de renifleur de Moustache pour le retrouver.

— C'est une excellente idée, mon chéri. Malheureusement, cela s'avérera inutile.

Je l'ai regardé interrogateur.

— Si le temps c'est de l'argent, alors il n'a pas d'odeur.

— Tu as raison, maman. Au temps pour moi.

Ne connaissant ni sa forme ni son parfum, nous nous sommes résolus à abandonner.

Afin de pouvoir payer les factures d'électricité, maman a été à la banque pour obtenir de l'argent. Comme les banques prêtent plus facilement aux riches, maman s'est déguisée en l'un des leurs. Elle a sorti sa plus belle tunique et même un chapeau. Maman a passé une heure dans la salle de bain, à se mettre sur son trente-et-un. Elle était si belle qu'elle valait largement un trente-deux. Sa conseillère a regardé les courbes de ses comptes sur l'écran de son ordinateur. Elles étaient très arrondies, même plutôt esthétiques. Leurs silhouettes étaient fines, et leurs couleurs assorties à celles de sa tunique. Mais l'employée de bureau n'en a eu que faire. Celles-ci plongeaient à pic.

— Tous vos comptes sont dans le rouge, madame. Je suis désolée, lui a-t-elle dit d'un ton guindé. Je ne peux vous accorder de prêt.

Maman s'est levée. Elle a crié à la révolution. Elle a juré qu'elle ne savait pas à qui elle avait affaire. Que son nom de jeune fille comptait plus de particules qu'il y en a dans l'atmosphère et qu'elle avait été nommée responsable dans son précédent métier.

— Vous savez ce qu'on dit, madame, lui a sorti maman, que la vérité sort de la bouche des enfants. Eh bien, j'en ai un justement avec moi.

Maman m'a cherché dans la salle d'attente. Elle m'a dit que j'étais en âge de m'immiscer dans les finances de la famille. Elle m'a installé devant le bureau de la conseillère et s'est assise à côté de moi.

— Mon chéri, jure de dire la vérité en levant la main droite.

J'ai obéi. Maman s'est approchée et m'a chuchoté à l'oreille.

— C'est très bien, mon chéri. Mais la droite, c'est l'autre main.

Elle a demandé ensuite à la conseillère de répéter ce qu'elle lui avait dit.

— Mais, madame, je peux le redire autant de fois que vous voulez. Aucun prêt ne peut vous être accordé. Tous vos comptes sont dans le rouge.

— Dis-lui, mon chéri. Dis-lui à la dame que c'est impossible.

C'est ce que j'ai fait tout en levant soigneusement la main de l'autre droite.

— Oui, madame, je vous assure que c'est impossible qu'ils soient dans le rouge. Maman a arrêté de boire depuis son retour de l'hôpital.

Mais la conseillère n'a rien voulu entendre. Maman lui a alors dit qu'il suffisait de changer leur apparence si ce n'était qu'une histoire de couleurs. Voyant que sa conseillère restait statique, maman a critiqué son sens artistique. Un agent de sécurité l'a interrompue avant même la fin de son compte-rendu. Une fois dehors, maman a dit qu'elle n'en avait pas fini.

— Mon chéri, nous n'allons pas rester pauvres pour une simple histoire de style.

Nous sommes retournés dans la voiture et maman s'est mise à rouler à toute allure. Elle allait si vite que nous avons failli rattraper le temps. Elle a fouillé dans la boîte à gants qui n'en avait jamais contenus. Elle en a ressorti un vieux paquet de Marlboro et un briquet assorti rouge coquelicot. Elle s'est grillé une cigarette et quelques feux de circulation. Elle faisait des ronds de fumée entre deux ronds-points. Elle m'expliquait tout en roulant que toute situation d'urgence méritait des mesures appropriées. Il y avait ce jour-là sur les routes beaucoup de circulation. Pour en avoir dégoupillé quelques-uns, maman savait exactement comment se sortir des bouchons. Elle slalomait entre les voitures et les scooters, montait sur les trottoirs, faisait des queues de poisson, oubliait les freins.

Maman tirait sur la cigarette et recrachait la fumée par la bouche avant de l'inspirer à nouveau par le nez. C'était un cycle sans fin. Maman a ensuite détaché sa ceinture de sécurité.

— Il n'avait aucun sentiment celui qui a créé cet objet de torture. Moi, il me presse le cœur.

Nous avons traversé Paris jusqu'au Crédit Municipal près des jardins des Archives nationales. Maman a garé la voiture en double file, au pied des escaliers du bâtiment. À l'intérieur, des personnes attendaient sur des sièges métalliques dépliables. Nous avons tiré un numéro de passage. Ils défilaient les uns après les autres sur un écran à LED.

— Tu es prêt, mon chéri ?

— Qu'est-ce qu'on va faire, maman ?

— Les personnes derrière les vitrines sont des prêteurs sur gages.

Je lui ai demandé ce que l'intitulé de leur métier pouvait bien cacher.

— Comme leur nom l'indique, ils prêtent de l'argent contre des gages. Ils nous donnent des gages et si nous les accomplissons, ils nous récompensent. Je pense que plus ils sont difficiles, et plus le montant est important.

Pour maman, j'étais prêt à tout pour nous sortir de cette situation : prêt à manger des repas équilibrés, à supporter sa folie et même à embrasser la vie sur la bouche s'il le fallait. Sur mon siège je me préparais en frottant ma langue contre mon palais quand notre numéro est apparu sur l'écran.

— Viens, mon chéri, c'est à notre tour.

Le ticket à la main, nous nous sommes dirigés vers le guichet indiquant le même numéro.

Maman était prête comme un sportif dans les starting-blocks. Elle sautillait sur place d'excitation. Cela tombait bien.

L'homme derrière la vitrine était un ancien athlète, un coureur de quatre cents mètres. Il était prétendu à une grande carrière internationale, mais a été éliminé à cause d'un appétit trop gros. Alors arrivé en final, courant la dernière ligne droite en tête, il a mordu la ligne. Le prêteur cachait ses formes sous son uniforme. Il avait le cou ridé et les joues creusées. Il portait une moustache blanche et des lunettes carrées qui ne présumaient pas une personne arrangeante. Autour du cou pendait une chaîne dorée avec une loupe monoculaire.

— Bonjour, monsieur. Je vous présente mon fils, Théo.

Il a plissé les yeux et m'a regardé comme un poisson trop petit que l'on vient de pêcher avant de le relâcher.

— Nous faisons équipe, a devancé maman. Une équipe formidable. Excusez son jeune âge, mais nous avons roulé si vite que nous avons pris un peu d'avance. Si nous n'avions pas esquivé tous ces embouteillages, il serait aujourd'hui majeur. Nous sommes fin prêts. Alors, dites-nous, quel est notre gage ?

Le prêteur a plissé le front.

— Madame, quel est l'objet que vous souhaitez mettre en gage ?

— Comment cela ?

— Vous nous remettez un objet de valeur, il est expertisé et un prêt vous est proposé. Alors je répète ma question. Avez-vous un objet à mettre en gage ?

Maman a compris qu'elle s'était trompée, mais a décidé de s'expliquer.

— Eh bien, sachez, monsieur, que vous portez très mal votre nom. Il faut toujours respecter le sens des noms. Quand on est prêteur sur gage, on prête sur gage. Non ? Quand on s'appelle monsieur Tension, on ne devient pas boulanger.

Le prêteur a regardé le cou de maman et a pointé son doigt vers celui-ci

— Je peux par contre sûrement vous proposer un gage contre ce joli bijou.

Elle a posé sa main sur le pendentif qui ornementait tout le temps son cou. C'était un cadeau que lui avait fait papa quelque temps après leur rencontre. Ce collier était comme leur amour, inoxydable.

– Allons-nous-en, m'a-t-elle simplement dit d'une voix brisée en me prenant par la main.

À cet instant, j'ai senti qu'il n'y avait pas que sa voix, qui était cassée.

En ressortant, maman s'est saisie d'un papier coincé sous l'essuie-glace de notre voiture. Un agent nous avait mis une amende pour défaut de stationnement. Nous n'étions pas les seuls ce jour-là, à chercher de l'argent. Maman a jeté le mot dans le caniveau et nous avons repris notre course. Nous avons roulé sur plusieurs kilomètres avant de nous garer sur un parking. Sur la devanture du bâtiment qui se trouvait devant nous, était inscrit « garage tomobile Dupont et fils ». Quelques lettres de l'enseigne avaient dû tomber de la toiture ondulée. J'ai demandé à maman si Dupont portait bien son nom, s'il faisait dans les ponts et les chaussées.

– Non, mon chéri. C'est un simple garage. « Dupont et fils » signifie que Dupont est le père, et que fils est son fils. Ce garage est une entreprise qui fait dans la transmission.

Un bruit d'enfer sortait de l'atelier. Satan ne devait pas être loin. Un homme de grande envergure est venu à nous. Il marchait en canard, fumait une cigarette et sa combinaison bleue laissait deviner un torse poilu qui lui remontait jusqu'au menton.

– Gérard Dupont pour vous servir. C'est pour une révision ? dit-il en me fixant tout en s'essuyant les mains dans un chiffon.

– Ah non, monsieur, mon fils a arrêté l'école. Au diable les leçons et encore plus les révisions.

Les yeux du garagiste se remplirent de confusion.

– Vous faites dans l'achat vente ? a repris maman.

– C'est exact.

– Nous souhaitons simplement vous proposer l'achat de notre voiture.

Le garagiste a frotté ses mains sales sur sa combinaison, car son chiffon était devenu encore plus sale que ses grosses pinces. Il a inspecté d'un œil affûté et l'autre fermé l'allure générale de la carrosserie. Il a ouvert le capot, a compté les bougies. Il en a trouvé quatre dont deux à moitié encrassées. Il en manquait pas mal au compteur, car d'après maman, elle était plus vieille que moi.

Il a ouvert chaque portière puis le coffre et enfin le capot. Il les a tous refermés en les claquant dans un joyeux bruit de capharnaüm. Il a ensuite allumé le moteur, est sorti de la voiture en deux temps. Son ventre est venu le premier, puis cela a été au tour du reste de son corps. Il a écouté le bruit sous le capot tout en crapotant les restes de sa cigarette. Il est ensuite allé à l'arrière et a senti le pot d'échappement. Je l'ai regardé perplexe, renifler les fesses de notre voiture. Maman et le garagiste se sont entendus sur un prix aussi rond que son bidon. C'était plus facile à calculer.

– C'est une vieille dame, mais je la prends. Vous avez la carte grise ?

Maman se trompa de couleur et lui donna une carte verte. Il ne lui en a pas tenu rigueur. Il lui a remis un chèque en échange. Nous avons appelé un taxi et sommes retournés à la banque l'encaisser. Les courbes sur l'ordinateur ont aussitôt changé de couleurs.

Être sur ses grands chevaux

Quand nous sommes rentrés à l'appartement, maman a étalé l'argent sur la table.

– Cela ne suffira pas pour ne plus jamais travailler. Il nous faut faire quelque chose de plus grand, mon chéri. Il nous faut faire un grand coup.

Maman trouvait les coffres forts trop forts et les fourgons blindés trop blindés pour être volés. Maman s'est mise à marcher dans le salon à la recherche d'idées. Elle s'est arrêtée devant la bibliothèque et a ouvert un livre d'art. C'est à la page du tableau Guernica qu'elle s'est écriée :

– Mon chéri ! J'ai une idée ! Nous allons peindre de faux tableaux pour les revendre.

N'ayant pas de toiles sous la main, Maman a décidé de réaliser des peintures murales.

– Si un tableau se vend des millions, imagine le prix d'un mur !

Maman s'est lancée ainsi dans l'imitation des grottes de Lascaux. Elle a recouvert tous les murs du salon d'une épaisse couche à la limite du beige et du jaune. Elle a dessiné ensuite à la peinture noire des chevaux à trois pattes, des rhinocéros à une corne et des cerfs aux yeux de biche. Elle a dessiné une montagne avec un large perron pour accéder à une caverne, et un barbecue plus loin dans le jardin.

– Maman, qu'est-ce que c'est ces branches près de l'entrée ?

– Eh bien, mon chéri, cela ne se voit pas ? C'est un porte-fourrures.

Quant à moi, maman m'avait missionné de reproduire la création d'Adam par Michel-Ange sur le plafond du salon. J'ai disposé la table au milieu de la pièce, je suis monté dessus et j'ai commencé mon œuvre. Après quelques coups de pinceau, maman a levé la tête.

— Mais, mon chéri ! Tu es un véritable artiste.

Malgré les compliments de maman, je savais que même en tant que pupille de la Nation, je n'avais pas le compas dans l'œil. Au plafond, accoudés à un nuage, Dieu et Adam avaient l'air en pleine partie de pierre-feuille-ciseaux.

Après plusieurs heures d'efforts et autant de tubes de pinceaux, il fallait se rendre à l'évidence. Comment expliquer à des collectionneurs la présence de Michel-Ange et de peintures rupestres au même endroit ? Et cela, dans un immeuble des années soixante.

Maman m'a félicité cependant d'avoir fait gagner Adam avec un caillou contre un ciseau.

— Ça lui changera à Dieu de toujours gagner.

Malgré un rafraîchissement de la décoration dans le salon et les couloirs, cela ne réglait pas notre histoire. Il fallait bien plus d'argent que celui généré par la vente de notre voiture. Tout à coup, maman a rayonné.

— J'ai une idée lumineuse. Voilà ce que nous allons faire, mon chéri. Nous allons voler légalement les riches. Tu seras mon Clyde et je serai ta Bonnie. Demain nous irons aux courses.

Je n'ai pas compris. Je suis allé dans la cuisine pour vérifier. Le frigo et les armoires étaient encore pleins à craquer.

— Mais non, mon chéri ! Pas aux courses, mais aux courses ! a-t-elle dit en riant aux éclats.

Je n'étais guère plus avancé.

— Demain, nous irons au prix de l'Arc de Triomphe. Nous allons nous introduire dans le monde des riches pour prendre leur argent. Il faudra se fondre dans la masse comme une plaque de beurre au soleil.

J'ai trouvé cette idée brillante.

Le lendemain, maman s'était enroulée de beauté à l'aide d'un foulard en soie, sur lesquels fleurissaient des petites fleurs orangées. Le reste de son visage était recouvert par de larges lunettes de soleil à verres polarisés. Elle avait déposé sur ses lèvres un rouge intense et faisait le poisson-chat devant une glace pour mieux l'étaler. Maman était aussi belle que la comtesse de Ségur et les demoiselles de Roquefort réunies. Elle s'était mis tellement de parfum que rien que le fait de respirer à ses côtés me rendait ivre. Maman me faisait beaucoup rire en s'entraînant à jouer la mondaine dans le couloir. Avec la grâce de Kelly, elle déambulait ainsi un verre à cocktail dans la main, s'arrêtait devant le miroir et perfectionnait son allure. Elle redressait sa posture, levait son menton et ses petits seins. Puis d'une voix qui ne redoutait rien, sur un ton alto à la tessiture grave et aristo, se lançait dans des monologues autour du golf, des montres et des dernières expos. C'était évident, elle avait la richesse dans le sang.

Maman m'avait acheté un costume trois-pièces taille enfant pour l'occasion. Il y avait des poches, mais elles étaient toutes cousues. Maman m'a dit que c'était pour apprendre à ne pas mettre les mains dedans. Ça fait fainéant. Après de nombreuses minutes passées dans ma chambre à essayer de l'enfiler, maman a usé d'une grandiloquence pour complimenter mon apparence.

– Vous êtes beau à craquer, Votre Éminence. On dirait un vrai petit riche.

Puis elle a pouffé de rire tout en essayant de se réprimer.

– Le gilet, mon chéri ! Le gilet, voyons ! Il se met en dessous de la veste, pas par-dessus !

Maman m'a arrangé l'ordre de mes habits. Puis s'est occupée de mes cheveux. Elle les a plaqués sur le côté et a appliqué un tas de produits de beauté afin de leur donner un côté lustré. Fins prêts, un taxi nous a déposés devant l'hippodrome de Longchamp. La mission d'infiltration pouvait commencer sur-le-champ.

– N'oublie pas, mon chéri. Fais comme si tu étais riche, elle m'a rappelé, accompagné d'un clin d'œil.

Les courses sont le rendez-vous à ne pas manquer pour tous les fans de frivolité. Les riches y viennent manger des petits fours et boire des bulles. Les hommes pavoisent tout en parlant politique. Mais cela, toujours avec leurs amis qui votent pour eux. Il ne faudrait pas se froisser. Leurs chemises sont si bien repassées.

Dans les tribunes, toutes les dames avaient des chapeaux. Il y en avait de toutes les formes : à ruban, à bords plats, à calotte rebondie Mais aussi de toutes les matières : en feutre, en cuir et même en paille. Aller voir des courses de chevaux avec un chapeau de paille, c'est un peu comme faire un safari avec un chapeau de viande. Certaines femmes sont sacrément téméraires.

La plupart de leurs chapeaux arboraient de grandes plumes, principalement d'autruche et de paon. Je savais maintenant toutes les reconnaître. En voyant toutes ces plumes, j'ai pensé à Marcus. Il me manquait. J'aurais adoré qu'il soit là avec nous. Il y avait dans l'hippodrome plus d'oiseaux morts sur leurs couvre-chefs que de chevaux vivants. J'étais fasciné de regarder des bancs d'oies flotter au-dessus de la foule remonter les tribunes, des nuées de canes se réunir pour se désaltérer près du seul point de rafraîchissement ou encore, des pigeons s'amasser dans les toilettes des femmes pour parfaire leurs plumages.

En regardant le ciel légèrement ombragé, j'ai demandé à maman pourquoi toutes les femmes portaient un chapeau.

– C'est très simple, mon chéri. Les hommes riches sont des lâches. Quand ils perdent, ils le font porter à leurs femmes. C'est bien plus facile ainsi.

Quant aux hommes, beaucoup portaient des costumes traditionnels anglais avec des chapeaux haut de forme. J'ai demandé à maman s'ils cachaient des lapins comme le font les magiciens.

– Pas des lapins, mon chéri. Juste des calvities.

Accrochés à leurs costumes, les hommes affichaient également des nœuds papillon de toutes les couleurs. Mais plus aucun ne battait de l'aile.

Nous nous sommes dirigés vers les guichets pour prendre notre pari. Avec maman nous avons parcouru le journal officiel des courses. C'est un papier qui indique la cote de chacun des concurrents. Je n'y comprenais rien. Je n'arrivais à lire que des noms bizarres suivis de numéros. Dente Scatlarti, Big Louis, Egber, Ministrel, Gitane Citrouille, Casac Hirondelle. J'ai trouvé leurs noms magnifiques. Quand je serai plus grand, j'aimerais bien devenir nommeur officiel des chevaux de courses. J'ai demandé à maman ce que signifiaient tous ces chiffres.

– Mon chéri, c'est encore un système pour que les pauvres ne comprennent pas. Cela ne doit pas nous arrêter dans notre coup. Nous allons tenter le tout pour le tout. Nous allons mettre tous nos œufs sur le même cheval.

Maman s'est approchée du guichet. Une dame nous a demandé notre pari. Maman préférait que je choisisse. Elle m'a demandé de me concentrer. C'était une sacrée responsabilité. Comme je ne savais pas comment faire, j'ai pris exemple sur mon voisin de guichet. Un vieil homme à l'allure très classe. J'ai fait semblant de rouler ma moustache et j'ai remis des lunettes imaginaires sur le haut de mon nez. La dame du guichet m'a regardé hébétée me pincer les joues et me remonter l'arête du nez.

– Alors, jeune homme ?

– Madame, s'il vous plaît. Ne le déconcentrez pas. Vous voyez bien qu'il réfléchit.

Au bout de nombreuses secondes, mon choix s'est porté sur le premier de la liste.

– Excellent choix, mon chéri. Excellent choix. Big Louis. Je n'aurais pas mieux choisi !

Maman a donné tout l'argent qu'il nous restait en échange d'un simple bout de papier. Il était plus petit que les tickets de caisse de maman quand elle passait tout sous le manteau. En deux jours à peine, nous sommes ainsi passés d'une voiture à un gros chèque, de ce gros chèque à quelques billets, et de ces quelques billets à un petit coupon. Maman disait que c'était une révolution à venir, le principe de miniaturisation.

Nous nous sommes installés dans les tribunes. Maman était folle excitée. Les chevaux sont entrés dans les stalles de départ. Un coup de révolver a retenti. Un pigeon malheureux est tombé sur la pelouse. Les chevaux sont partis comme des balles. N'ayant pas de jumelles, j'ai fait des ronds avec mes mains et j'ai regardé à travers. Big Louis n'était pas en bonne position. Mais les chevaux allaient si vite que j'avais du mal à les suivre. J'ai ensuite regardé maman. Elle tenait son ticket des deux mains contre sa poitrine et criait des choses dans un langage incompréhensible.

—Go, faster, faster. Go Big Louis, Go.

Ne comprenant pas un mot, je lui ai demandé ce qu'elle disait. Elle m'a alors susurré à l'oreille.

— Big Louis est un pur-sang anglais, mon chéri. Il était ainsi normal de s'adresser à lui dans sa langue. GO GO, s'est-elle remise à crier.

J'ai regardé maman. Son intelligence ce jour-là dépassait de loin sa folie. Maman s'est retournée vers moi.

— Crie aussi, mon chéri. Vas-y crie.

— Mais, maman, Big Louis est trop loin. Il ne nous entend pas à cette distance.

— Ce n'est pas pour lui que je te demande de le faire.

— C'est pour qui alors ?

— Mais pour toi, mon chéri. Juste pour toi.

— Pour moi ?

— Oui, parce que parfois, ça fait du bien de crier.

J'ai inspiré tout l'air qui était devant moi. Il n'en restait presque plus pour mon voisin de tribune. Mes poumons étaient gonflés comme deux gros ballons. À son top, avec maman, nous avons alors crié tout ce qu'on a pu. J'ai crié l'injustice. J'ai crié contre ce monde parce que je ne le comprenais pas. J'ai crié pour ne plus entendre personne d'autre le faire. J'ai crié d'être en vie, crié d'avoir une maman folle, mais incroyablement vivante. J'ai crié parce que je n'avais plus envie de pleurer.

Les chevaux avaient fait le tour de la piste. Quand ils ont approché la dernière ligne droite, nos voisins de tribune se sont mis à crier eux aussi. On ne pouvait même plus s'entendre. J'ai regardé à l'arrière de la course. Je ne voyais plus Big Louis. Il avait remonté un à un tous ses concurrents. Sur l'extérieur il était maintenant au coude à coude avec le cheval de tête pour la première position. Ils allaient si vite que la voiture qui les filmait a été flashée pour excès de vitesse. Les messieurs dans les tribunes serraient leurs poings. Tout allait se jouer dans un mouchoir de poche. Dans un ultime effort, Big Louis a passé la ligne d'arrivée en premier. Mais maman et moi ne nous en sommes même pas rendu compte. Nous étions trop occupés à crier.

Et c'est là que tout a dérapé

Après la victoire de Big Louis, maman et moi avons été reçus dans une loge par un monsieur très riche. Il a félicité notre victoire audacieuse puis lui a parlé de nos gains, et de potentiels investissements dans sa société. Maman a fait fi de l'écouter. Elle a surtout investi le bar et nous l'avons quitté une fois vidé. Nous sommes rentrés à l'appartement comme des stars en limousine. Sur le chemin, maman s'est cependant rapidement plainte auprès du chauffeur.

— Un si petit bar pour une si grande voiture ? Mon cher, j'ai une grande soif de vivre à étancher. Arrêtez-vous chez un caviste en chemin que je recharge mon envie de profiter de ce moment avec mon fils.

Maman a dévalisé le magasin et nous sommes repartis. Une fois arrivés en bas de l'immeuble, le chauffeur nous a ouvert la porte. Tous les voisins étaient à leurs fenêtres curieux de voir cet étrange véhicule.

— Comment ça, déjà ? a crié maman.

Elle n'avait même pas eu le temps de boire tous ses achats. En sortant, elle a glissé dans la poche de la veste du conducteur quelques billets.

— Tenez, mon brave. Vous trouverez le pourboire en liquide à l'intérieur.

Maman était si ivre de joie qu'elle peinait à marcher. Je l'ai aidée à monter les escaliers. Heureusement qu'elle était aussi légère qu'une plume.

— Mon chéri, tu crois qu'ils ont rajouté des étages en notre absence ? Nous n'habitions pas aussi haut la dernière fois ?

— Non, maman, rien n'a changé.

— Ils auraient au moins pu nous installer un tapis rouge. Nous sommes riches, maintenant.

Une fois la porte passée, j'ai installé maman sur le canapé. J'ai fermé les volets parce que j'avais peur qu'elle jette tout notre argent par les fenêtres. Mais maman s'est aussitôt relevée. Elle avait encore envie de fêter notre victoire. Elle s'est approchée du tourne-disque, a mis de la musique et nous avons dansé. Nous avons tellement dansé que le disque est arrivé à la dernière piste. Nous nous sommes alors affalés dans le canapé et nous nous sommes remémoré la course de Big Louis, son départ difficile, puis sa remontée.

— Il allait si vite...

— Que même son ombre n'arrivait pas à le suivre...

— Et la fois où il était au coude à coude...

— Avec Egber…

Maman est descendue du canapé et s'est soudainement mise à quatre pattes sur le parquet.

— Et quand il s'est cabré avant de rentrer dans les starting-blocks...

Elle s'est mise à hennir et à se cabrer comme Big Louis l'a fait avant la course. Je suis monté sur son dos. La course était relancée. Maman s'est agitée dans tous les sens. J'avais du mal à m'accrocher. J'ai saisi la télécommande sur la table basse pour pouvoir commenter et maman s'est élancée.

— Alors que le favori Ministrel est bien parti, les chevaux sont au coude à coude. Seul Big Louis paraît en difficulté derrière le peloton de tête. Casac Hirondelle qui emmène dans son sillage Red Vernone perd de la vitesse. Cela se bagarre pour les premières places.

Sur le dos de maman, je me débattais de toutes mes forces avec nos concurrents imaginaires tout en essayant de relater la course.

— Mais attendez, Big Louis se relance. Regardez Big Louis qui rattrape son retard. Big Louis est maintenant à hauteur de ses concurrents.

Toujours à quatre pattes, maman courait de plus en plus vite. Elle entrait dans la chambre, revenait par le salon, avant de faire le tour de la salle de bain. Quand nous avons traversé la cuisine à toute allure, j'ai réussi à attraper une passoire qui traînait sur le rebord du plan de travail. Je me la suis vissée sur la tête en guise de bombe. Il faut être à cheval sur la sécurité. À cette allure, une chute n'aurait pas pardonné. Maman galopait littéralement dans l'appartement. J'avais du mal à me tenir. Sur son passage, les meubles tombaient au fur et à mesure que nous remontions le classement. Le fil du téléphone s'est pris dans une de ses jambes. La prise s'est décrochée du mur. Mais cela n'arrêtait pas maman qui traînait maintenant le combiné derrière elle. Quant à moi, je luttais pour rester en selle.

— Il ne reste plus que quelques mètres. Magnifique remontée de Big Louis sur l'extérieur. Rien n'est fait.

La passoire m'empêchait de voir. À travers les petits trous, j'essayais de guider au mieux maman. Sur une mauvaise indication, maman a emporté la lampe du salon.

— Tout va se jouer dans un mouchoir de poche.

Maman était en nage. Arrivée de nouveau au point de départ, maman a plongé la tête la première sur la ligne d'arrivée. Elle s'est écroulée sur le parquet et moi avec.

— Big Louis… Oui et victoire de Big Louis ! j'ai crié.

Nous avons écarté les bras en guise de victoire. J'étais si fier d'elle. Maman s'est relevée. Nous avons sauté de joie. Maman m'a pris dans ses bras. Je ne touchais plus terre. Nous criions Big Louis, Big Louis en répétition. C'est à ce moment-là qu'on a entendu frapper à la porte.

Marcus ai-je tout de suite pensé. Il est venu fêter la victoire avec nous. Maman m'a reposé à terre.

— Tu attends quelqu'un, mon chéri ?

— Non, maman, personne.

— Va ouvrir. Je vais cacher notre argent.

J'ai ouvert la porte. Sur le palier se tenait une grande dame avec une sacoche au bras et une carte plastifiée à la main. Elle était aussi classe que les madames météo qui font la pluie et le beau temps avant le journal de 20 heures. Elle avait les cheveux longs et des lunettes trop grandes. Ou était-ce son nez qui était trop petit ? Je n'ai pas osé le lui demander. Elle avait beaucoup de bracelets qui faisaient du bruit lorsqu'elle bougeait ses poignets. Aussitôt, j'ai vu son regard déformé par ses larges verres. Elle m'a regardé à travers l'embouchure de la porte d'un air aussi surpris que désolé.

– Bonjour, je suis bien chez madame Flamant ?

Je me suis méfié. Depuis que maman et moi on avait touché le pactole, on avait beaucoup plus de choses à perdre qu'avant. Je n'ai alors rien répondu.

– Ça doit être cela, car c'est marqué juste là, m'a-t-elle dit en montrant un bout de papier au-dessus de la sonnette indiquant notre nom.

Elle avait le sens de l'observation.

– Tu dois être Théo, alors.

Je n'ai pas eu le temps de répondre que maman est venue me remplacer.

– Oui, bonjour c'est pour ?

Maman était en sueur, les cheveux en bataille, la robe déchirée, ses lunettes de soleil encore sur le nez. Quant à moi, je venais de me souvenir que j'avais toujours la passoire sur ma tête. Je l'ai prise aussitôt et l'ai cachée dans mon dos. Maman a soufflé fort dans ses cheveux pour ajuster une mèche qui s'était immobilisée devant ses yeux.

– Bonjour. Vous êtes bien Rose Flamant ?

– C'est exact.

– Je suis Madame Lafaire des services de protection de l'enfance, lui a-t-elle répondu en sortant de l'une de ses poches, une carte plastifiée.

– Merci. Mais nous n'avons pas besoin de services de protection. Nous nous défendons très bien nous-mêmes voyez-vous.

La dame sur le palier a pris un ton autoritaire.

– J'ai été mandatée par le juge ainsi que les services sociaux pour vous poser quelques questions. Puis-je entrer ?

La peau de maman est passée du rouge au blanc sans même passer par le rose. C'est ce qu'elle faisait aussi quand elle buvait. Maman n'aimait pas les dégradés. Elle s'est retournée afin de regarder derrière elle. Le couloir ainsi que le salon étaient sens dessus dessous.

— Pourriez-vous passer plus tard ? Nous sommes pas mal occupés en ce moment. Essayez dans dix ans.

Madame Lafaire lui a indiqué que si elle refusait, l'affaire prendrait immédiatement beaucoup d'ampleur avec l'intervention d'autres personnes encore moins drôles qu'elle.

— Puis-je entrer alors ?

— Mais je vous en prie, a-t-elle dit d'une voix timide.

Madame Lafaire est tombée alors nez à nez sur les peintures rupestres recouvrant les murs du couloir et du salon. Elle a scruté les empreintes de mains, les zèbres et les chevaux. Puis elle a levé la tête au plafond.

Mince de zut ! Je me suis tout de suite dit en la voyant la tête en l'air. Nous n'avons même pas pensé à effacer les preuves de notre courte carrière de faussaires.

Mais en scrutant sa réaction remplie de stupéfaction, j'ai compris qu'il n'y avait pas de quoi s'inquiéter. Elle a enjambé la lampe qui barrait le couloir, tombée durant le dernier virage de Big Louis. Maman a essayé de remettre un semblant d'ordre dans l'appartement. Elle a ouvert les volets, a libéré sa jambe du fil du téléphone, remis les chaises sous la table. Pour la faire patienter, maman lui a proposé un verre de vin qu'elle a refusé d'un revers de main.

La femme des services sociaux s'est approchée de moi.

— Est-ce que cela te dérange d'aller jouer dans ta chambre ? Je dois parler avec ta maman. Je viendrai te chercher juste après si tu le veux bien.

Qu'est-ce qu'ils ont à envoyer les enfants à jouer dans la chambre ? Un enfant, ça ne joue pas sur commande. J'avais encore une victoire à fêter. J'ai quand même fait semblant d'y aller, mais je me suis arrêté, juste avant d'y entrer. J'ai claqué sa porte depuis le couloir. Je voulais entendre ce que voulait cette dame.

— Madame Flamant. Sachez tout d'abord que je suis ici pour vous aider, vous et votre fils. J'ai été appelée pour venir vous rencontrer parce que nous avons reçu plusieurs appels malheureusement concordants. Votre enfant est maintenant déscolarisé depuis deux mois. Y a-t-il une raison à cette situation ?

J'ai senti tout d'abord une grande peur dans la voix de maman, puis de l'agacement et enfin de l'énervement. Maman lui a indiqué très clairement que l'école n'était pas faite pour moi. Elle lui a dit que ma place était bien plus dans les tribunes de Longchamp que sur les bancs en bois de l'école.

– Également, il est noté dans votre dossier que vous avez été hospitalisée avec une obligation de suivi auprès d'un psychiatre.

Maman lui a répondu qu'elle avait arrêté, car elle avait essayé tous les mots, mais aucun ne fonctionnait sur elle. Madame Lafaire relatait tout ce que maman disait dans un carnet. Elle laissait des grands blancs entre chacune de ses questions. C'était très impressionnant.

Madame Lafaire a évoqué des plaintes de voisins concernant des cris venant de notre appartement, ainsi que de nombreux pleurs d'enfants. Comme j'étais le seul enfant à l'étage, je me suis demandé qui pouvait bien m'imiter. Et puis j'y ai repensé. Il est peut-être vrai je l'admets, que j'ai un peu pleuré ces derniers temps.

La dame est ensuite venue m'interroger. J'ai eu heureusement le temps de rejoindre discrètement ma chambre juste avant. Elle s'est saisie de quelques-uns de mes jouets. Cela se voyait qu'elle était trop vieille pour les utiliser. J'avais presque pitié pour elle. C'est triste de ne plus savoir jouer. Elle m'a demandé ce que je voulais faire plus tard comme métier. Je lui ai répondu que je ne comptais pas travailler, que j'avais découvert récemment le tiercé. Puis elle m'a posé des questions sur papa et sur le reste de ma famille que je ne connaissais pas. Elle m'a posé de nombreuses questions comme si j'étais grand, sans prendre de gants. Je lui ai tout expliqué, en disant que ce n'était pas la faute de maman, que c'était celle de la folie.

– Je sais que ta maman est malade. Comment veux-tu qu'elle prenne soin de toi, si elle n'arrive pas à prendre soin d'elle ?

Et d'un ton très rassurant, elle a ajouté.

— Un enfant de ton âge n'a pas à s'occuper comme ça de sa maman.

La dame des services sociaux est ensuite repartie dans le salon. Elle a rejoint maman qui avait eu le temps de remettre en place tout l'appartement. J'ai tendu l'oreille, mais je n'ai pas tout compris. J'ai entendu comportement fautif, sécurité et moralité de l'enfant. Maman s'est mise dans une colère noire. Elle lui a crié que jamais elle nous séparera. Maman a saisi la dame des services sociaux par le bras et l'a entraînée dehors avant de lui claquer la porte en pleine figure. Cela n'envisageait rien de bon. Dans l'agitation, madame Lafaire avait oublié sur la table, la feuille présentant ses conclusions. Maman l'a prise et a lu en bas de celles-ci : « retirer l'autorité parentale ». Maman est passée du blanc au transparent.

— On s'en va, mon chéri. Fais ton sac. Ne restons pas une seconde de plus ici. Nous ne laisserons personne nous séparer. Tu m'entends ! Personne ne nous séparera. TU M'ENTENDS ?

Bien sûr que je l'entendais. Maman avait cette fâcheuse habitude de s'assurer que son correspondant l'entendait, et cela, même quand elle criait.

La fuite

Maman avait la mine d'un crayon mal taillé. Je l'ai écoutée. J'ai pris mon cartable, j'y ai mis une photo de papa, et toute ma collection de tours miniatures qui trônait sur une des étagères de ma chambre. C'était des imitations en terre cuite d'une dizaine de centimètres de haut peintes à la main, d'après la publicité à la télé. Il y avait la tour de Pise, la tour Eiffel, les tours jumelles pour les plus connues. Elles étaient deux, mais ces dernières étaient au même prix qu'une tour solitaire. C'était une belle affaire. Alors que maman faisait sa valise dans sa chambre, elle criait de me dépêcher, que les services sociaux allaient revenir pour nous séparer.

– Il va falloir être très malin, mon chéri, pour leur échapper, j'entendais à travers le couloir.

Comme j'avais plus d'une tour dans mon sac, je me suis dit que cela nous donnerait une bonne longueur d'avance. Le plan était très simple : s'évader sans laisser de traces. Après avoir fermé la porte, j'ai descendu discrètement les étages en chaussettes et maman en collant. Elle portait une petite valisette sur roues et moi j'avais mon cartable sur le dos. Maman avait gardé sa tenue de riche : son foulard et ses lunettes de soleil. Arrivée en bas, elle a regardé à travers la porte avant de sortir de l'immeuble.

– C'est bon, nous pouvons y aller.

Elle s'est mise à marcher très vite. J'arrivais à peine à la suivre.

– Attends, maman, attends ! j'ai crié derrière elle.

– Dépêche-toi, mon chéri.

J'ai couru pour la rattraper. Une fois à sa hauteur, j'ai regardé derrière nous. Il n'y avait ni psychiatre ni services sociaux. Notre mission d'exfiltration commençait à la perfection. Nous avons remonté le boulevard jusqu'à la station essence. J'adore l'odeur des hydrocarbures. Elles ont une odeur de champs des villes. J'aime un tas d'odeurs qui ont été inventées pour ne pas sentir bon... comme celle de la pluie d'été, du gaz de la chaudière, de l'herbe fraîchement coupée ou encore du feutre Velléda. Maman pressait toujours le pas. Même sa valise montée sur roues avait du mal à la suivre.

— Mon chéri. Dépêche-toi, s'il te plaît.

Elle regardait régulièrement derrière afin de voir si nous n'étions pas suivis. Arrivés à la station essence, maman s'est approchée d'une des voitures qui stationnaient au niveau des pompes. Elle essaya d'ouvrir une première avant de passer à une autre. C'était une voiture rouge de forme allongée comme un suppositoire. Entre les phares de devant, un écusson jaune portait la marque d'un cheval noir se cabrant sur ses postérieures. Maman a réussi à ouvrir la portière. Les clés étaient sur le contact.

— Mon chéri, vite. Mets ton sac dans le coffre et monte à l'arrière pour pouvoir te cacher !

Je me suis dirigé à l'arrière du véhicule, mais je n'ai pas trouvé de porte.

— Maman !

— Quoi encore, mon chéri ? Nous n'avons pas le temps.

— Mais il n'y a pas de derrière.

Elle regarda interloquée à travers les fenêtres.

— Tu as effectivement raison, mon chéri. Eh bien, monte à l'avant.

J'ai fait le tour de la voiture, j'ai jeté mon cartable au pied du siège passager et je suis monté. Maman a fait de même sur celui derrière le volant. Nous avons démarré et sommes partis en trombe dans un bruit de crissement de pneus. C'était la première fois que je volais une voiture. C'était formidable. Un homme est sorti du magasin de la station essence en courant. Il faisait de grands mouvements de bras comme pour nous dire adieu. C'en était presque émouvant.

Maman a accéléré si fort, que mon cœur et tout mon corps ont été propulsés en arrière. Elle conduisait comme dans les films en noir et blanc. Elle ne regardait jamais la route. Pour me rassurer, je me suis imaginé qu'on roulait dans un grand décor de cinéma et que nous étions les acteurs principaux. Je n'ai pas pensé sur le moment au titre de notre film. Mais « La folie de vivre », c'est pas mal non ? Je trouve que ça fait très film d'action.

Maman a poussé le moteur si haut dans les tours qu'il dépassait parfois du capot. Il ronronnait comme un chat heureux surpris par un vilain hoquet. J'ai demandé à maman de ralentir.

— Je ne peux pas, mon chéri. Nous sommes suivis !

Je me suis alors retourné. Effectivement, c'était le cas. Mais ce n'était pas une voiture de la police municipale ou de services sociaux.

— Je crois que c'est un voilier maman.

— Un voilier ? Tu me mènes en bateau. Un voilier, ça ne roule pas.

À un mètre de nous à peine, un monocoque d'une dizaine de mètres de long nous escortait. Lors de notre vol, nous ne nous étions même pas rendu compte dans la précipitation que la voiture tractait une embarcation.

— J'espère que le capitaine n'est pas à bord sinon nous sommes foutus.

Après une dizaine de kilomètres, j'ai regardé dans le rétroviseur. Maman avait roulé si vite qu'on avait réussi à semer la zizanie dans la circulation ainsi que tous les espoirs de nous rattraper. Maman roulait à cent à l'heure. Je dois dire que même attaché, j'ai eu quelques frayeurs. Mais je n'étais pas le seul à avoir peur. Elle avait même réussi à affoler les compteurs. Les aiguilles qui indiquaient notre vitesse en tremblaient. Après plusieurs dizaines de minutes, nous avons réussi à quitter la ville. Maman a bifurqué sur les routes de campagne. Toutes les routes se ressemblaient. Toutes coupaient des champs immenses de colza, de betteraves ou de petits pois. Je ne suis pas sûr qu'elle savait où on allait. Mais peu importe. Car c'était ça finalement le plan.

Maman a continué durant des heures à prendre des chemins dans tous les sens, pour que même la réalité ne nous retrouve pas. Elle avait ouvert la fenêtre pour respirer les fleurs des champs. Son foulard faisait des cabrioles dans les airs. Le soleil qui tombait peu à peu de sommeil derrière l'horizon se reflétait sur ses lunettes comme deux miroirs. Maman était la plus belle des fugitives. Quand elle conduisait, elle aimait libérer sa main droite, en délier ses doigts en peigne, et me caresser les cheveux. Les paysages défilaient comme les publicités à la télé. N'ayant pas d'hôtel, nous avons suivi les lumières dans le ciel. Nous avons roulé jusqu'à Pégase, tourné avant la Grande Ourse et nous nous sommes arrêtés à hauteur de Cassiopée. La nuit venue, maman a arrêté la voiture sur le bord de la route. Elle a allumé les feux de détresse. La nuit s'est mise à clignoter. Il n'y avait rien autour de nous. J'ai demandé à maman si nous étions assez loin à présent, si l'on ne risquait plus rien. Elle m'a certifié que oui. Mais je ne l'ai pas crue. Je savais que sa folie l'emmenait souvent, beaucoup plus loin que ça.

La fille aux yeux d'émeraudes

À l'arrêt au milieu des champs, maman m'a appris à reconnaître les constellations, comme papa l'avait fait bien des années avant avec elle. Lors de ses explications, ses yeux brillaient comme des étoiles. Elle m'a dit que certaines d'entre elles étaient mortes depuis bien longtemps. Mais qu'on pouvait toujours les voir. Elle m'a dit que c'était la même chose avec papa, qu'il était finalement toujours là. Puis elle m'a montré la constellation sur son avant-bras, celle du chat à pinces. Alors du bout de mes doigts, j'ai relié ses grains de beauté sur sa peau, comme papa l'avait fait des années plus tôt au stylo. Au loin, nos regards se sont portés sur une constellation inconnue.

– Tu la connais, maman, celle-ci, lui ai-je demandé le bras tendu dans sa direction.

– Non, pas celle-ci. Mais que dis-tu de nous en approcher ?

Nous avons alors repris la route. Arrivés à sa hauteur, nous avons vu les étoiles s'effacer dans des feux de joie. Maman a ralenti et a immobilisé la voiture. Nous avons regardé autour de nous. Il y avait des palettes enflammées, des pyramides d'objets métalliques éventrés, des câbles électriques dénudés, des cabanes en tôle rouillée, et pendus sur des fils, des habits troués en train de sécher. Le champ était boueux. Des chiens que certains hommes tenaient en laisse aboyaient en chœur, sans laisser au silence une seconde de répit. Une cinquantaine d'hommes ont entouré la voiture alors que les femmes prenaient leurs enfants sous leurs bras pour les emmener dans les caravanes.

– Maman, c'est où ici ? je lui ai demandé, paniqué.

– C'est un camp de Roms. Nous allons demander l'hospitalité pour la nuit. Ici, c'est impossible que les services à l'enfance puissent nous retrouver.

– Rome, j'ai crié à nouveau, rassuré.

Magnifique. Je ne suis encore jamais allé en Espagne. J'ai regardé par la fenêtre. Malgré l'obscurité de la nuit, je ne voyais ni Big Ben, ni la Place Rouge, ni même la porte de Brandebourg. J'ai commencé à douter de notre destination autant que de mes connaissances en géographie.

– Mais non, mon chéri. Nous sommes toujours en France. Les Roms sont des gens du voyage. Regarde, ils ont tous des caravanes. Ils vivent sur les routes et dans les champs. Ils ne s'arrêtent jamais.

– Eux aussi sont suivis par les services sociaux ?

– Non. C'est bien pire pour eux. Ils sont suivis par leur réputation. Les Roms ont tellement fui que les gens ne savent plus pourquoi ils ne veulent plus d'eux. Mais c'est ainsi. Allez viens, on va se présenter.

Maman était sur le point d'ouvrir la portière quand elle a ajouté.

– Au fait, mon chéri. En tant que fuyards, nous devons faire très attention à ne pas nous faire repérer. Aussi nous devons changer d'identité, et de faux noms nous allons emprunter. Comment souhaites-tu t'appeler ?

– Ça veut dire que je peux m'appeler comme je veux ?

– Comme tu le veux oui.

Je n'avais jamais pensé à mon nom avant. Au nom qu'on nous donne. C'est important un nom. C'est si important qu'on nous en donne parfois même un avant qu'on existe. Un nom, ça devrait être comme la religion. On devrait nous laisser choisir.

J'ai repensé aux prénoms de mes acteurs préférés, au prénom de papa, aux prénoms à la mode, à mon prénom de remplacement qui est derrière le premier sur ma carte d'identité. Je me demande à quoi il sert. Comment peut-on perdre son premier prénom ? Pourquoi ne pas faire tout simplement une copie du premier ? Cela serait plus facile à retenir. On pourrait perdre le premier sans être inquiété. Je sais à quel point maman aimait mon prénom. Elle avait mis longtemps à le trouver.

– Je ne peux pas garder le mien ?

– Malheureusement non, mon chéri. Il faut prendre le maximum de précautions.

– Très bien. Alors je veux m'appeler Téo, mais sans le « h ».

– Mon chéri, c'est parfait ! En plus, ça fait très tzigane. Ils vont adorer !

Alors que maman réfléchissait à son tour, quelques hommes s'impatientaient en se frappant la paume de la main avec des barres de fer. Maman était tellement concentrée, qu'elle ne voyait pas non plus certains ramasser des cailloux au sol.

– Garance, Capucine, Iris, Marguerite, Hortense, Jacinthe.

Elle a chuchoté ainsi tous les prénoms à pétales. Elle ne voulait pas être trop dépaysée de son prénom d'origine. Une fois toute la liste récitée, elle a cueilli le sien.

– Cela sera Marguerite.

– Marguerite ! j'ai répété fou de joie sur mon siège.

Maman ne le savait pas, mais les marguerites étaient mes fleurs favorites.

Maman est sortie de la voiture et s'est dirigée vers un groupe d'hommes légèrement en avant de tous les autres. Elle sautillait dans la boue avec ses chaussures à talons. Elle avait pris la démarche d'une Marguerite.

L'un portait une carabine, un autre une batte de base-ball et le dernier une fourche plus grande que moi. Je me demandais ce que faisait ce dernier. Ce n'était pas une heure pour jardiner. À travers le pare-brise de la voiture, j'ai regardé maman s'avancer vers eux. Les Marguerites n'ont décidément peur de rien. Même pas de la peur.

Maman aimait l'inattendu. Bien qu'elle perde de plus en plus la boussole, elle trouvait toujours sa direction. Lui aussi l'aimait d'un amour absolu. À tout moment, à tout endroit, il attendait sa venue. Maman était une magicienne. Elle transformait la vie en un voyage perpétuel. Alors qu'elle se présentait aux trois hommes, j'ai pris mon courage dans une main et la poignée de portière dans l'autre. Je suis descendu à mon tour de la voiture. Des enfants se sont approchés de moi. Au loin, un grand faisceau lumineux nous aveuglait par intermittence. Afin d'initier un dialogue, je l'ai pointé du doigt et j'ai demandé ce que c'était. Un silence s'en est suivi.

— Tour Eiffel, m'a-t-on finalement répondu.

— La Tour Eiffel ! Mais… comment ?

Maman a le sens de l'humour et de l'hospitalité, sauf avec les services à l'enfance. Cependant, elle n'a nullement celui de l'orientation. Nous étions seulement aux portes de Paris, à quelques centaines de mètres à peine d'une autoroute, ou d'un aéroport. Un vacarme assourdissant sortait par-delà les champs. Nous avions tourné en rond toute la fin d'après-midi. Combien de tours du périphérique maman avait-elle faits ? Assez pour inscrire un record ?

Ils devaient être une cinquantaine autour de la voiture et du monocoque. J'avais le dos collé contre la portière de la voiture. Ils parlaient entre eux tout en me dévisageant. C'était très intimidant. Toutes les femmes avaient leurs visages enroulés dans un fichu comme maman quand elle se déguisait en riche. C'était leur technique aussi alors, pour ne pas se faire repérer. Elles portaient également toutes de très grandes robes et des boucles d'oreilles si larges que les enfants du camp leur empruntaient parfois pour danser le Hula-hoop.

Certaines portaient des colliers, d'autres des bracelets, des tours de bras argentés... Elles devaient être très fortes pour supporter le poids de tous ces bijoux. Les plus vieilles portaient des gilets en laine par-dessus d'autres habits en laine. Ce qui m'a marqué, c'étaient leurs dents blanches. Elles étaient comme celles des gens qui font la publicité pour les dentifrices.

Les hommes eux, portaient tous la barbe. C'est pour ça que je ne comprenais pas ce qu'ils me disaient. Ils n'arrêtaient pas de parler dedans. Elles étaient très foncées. Ils portaient également un chapeau avec des trous pour laisser les cheveux respirer. Les chiens, eux continuaient à aboyer. L'un d'entre eux s'est approché de moi. Je me suis rendu compte qu'il n'était pas attaché. C'était embêtant, car c'était l'heure du dîner. Maman est revenue vers moi l'air ravi. Elle a d'abord salué le monde qui me faisait face et a caressé le féroce canidé.

— Mais c'est un joli garçon, elle lui a dit en passant ses doigts le long de ses poils.

Le chien a remué la queue et s'est mis à se rouler par terre de plaisir.

— Mon chéri, je ne suis pas sûre, mais je crois qu'ils vont organiser un conseil pour décider si nous pouvons rester pour la nuit.

Autour d'un feu, quelques planches furent installées sur des rondins de bois. À l'aide de gestes, une femme nous a demandé de nous asseoir. Les flammes étaient encore plus grandes que moi. Soudain un cortège d'hommes est sorti d'une caravane en file indienne. Ils tenaient sûrement cette tradition de leurs ancêtres amérindiens. D'un pas sûr, ils se sont regroupés près du brasier. Le plus vieux des leurs a alors pris place dans le fauteuil rembourré placé en face de nous. Les autres se sont placés en cercle autour des flammes. Le vieillard dans son siège était si vieux qu'il devait avoir oublié son âge. Mais ce n'est pas embêtant d'oublier son âge. Il finit toujours par nous rattraper. Il se faisait appeler Kokho. Il était le chef de la communauté. Il portait une chemise blanche et une veste noire par-dessus légèrement trouée de tous les côtés. Sur le rebord du siège, sa main droite tremblait toute seule. Je l'ai vu la regarder. Cela semblait l'attrister. Il portait un chapeau trop grand pour sa tête. Il était obligé de le pencher sur un côté pour qu'il ne tombe pas sur son nez. Il avait des rides dans les yeux et ses oreilles pendaient jusqu'au menton. Des poils blancs aussi longs que mes cheveux en sortaient. Je crois qu'il avait trois dents en or. Ce n'était pas facile de compter, car il ne souriait pas beaucoup. En revanche, cela a été facile de calculer le nombre de ses bagues. Il en avait une à chaque doigt. Il a sorti une cigarette d'un étui en métal et l'a allumée. Puis il a pris la parole. Il avait un accent allemand, mais était originaire d'Autriche. Je ne comprenais pas un mot.

– Maman, qu'est-ce qu'il dit ?

– Je n'en ai pas la moindre idée, mon chéri. Contente-toi de hocher la tête de temps en temps pour dire que tu es d'accord.

À la fin de chacune de ses phrases, les hommes autour du feu portaient un verre à leur bouche. L'un d'eux en a rempli un et l'a donné à maman. Il lui a fait ensuite signe de faire de même. Je crois que cela a été son moment préféré de la soirée.

– Qu'est-ce que c'est, maman ?

– C'est de l'eau, mon chéri, de l'eau-de-vie.

Maman a levé son verre en direction du vieux monsieur et a fait disparaître son contenu d'une traite. Parfait, j'ai pensé. Elle qui disait toujours qu'elle adorait étancher sa soif de vie, c'était l'occasion de le faire. J'ai eu l'étrange impression que plus maman buvait et plus elle comprenait ce que disait le chef au fond de son fauteuil. Quand le vieil homme s'est mis à rire aux éclats avec son sourire d'or, elle s'est mise à rire avec lui. Quand la première bouteille est tombée, maman a pris même la parole. N'ayant pas grand-chose à dire à cause d'un vocabulaire encore limité, elle la leur a rendue rapidement. Toute la communauté s'est réunie peu à peu autour du conseil, les hommes, les femmes, et même des enfants. Alors qu'ils étaient encore au milieu de hauts débats, un groupe de femmes s'est approché de nous avec de grandes assiettes. Le vieil homme a été servi le premier. Je ne sais pas ce qu'il y avait dedans. C'était à la fois riche, complexe et bordélique. Il y avait des saucisses, du chou, des gnocchis de pâtes fraîches et une sauce à la viande. Une femme a tendu une assiette à maman. Sa portion était gigantesque. Elle aurait pu nourrir à elle seule tous les Roms du camp ainsi que leurs successions. J'ai senti une main sur mon épaule. Je me suis retourné pour prendre ma ration.

C'est là, à cet instant précis, que je suis tombé. Je peux dire que ça fait quelque chose, de tomber amoureux. Elle me tendait mon assiette de ses petites mains. Elle devait avoir mon âge. Elle avait les yeux verts comme le printemps, les cheveux aussi lisses que la crinière de Big Louis et la peau douce comme les plumes des oies. Elle avait quelque chose de sauvage au fond des yeux qui m'a tout de suite apprivoisé. Elle était maquillée au-dessus des paupières et avait des bracelets roses autour du poignet. Maman m'a appris beaucoup de choses sur le temps : sa forme, son odeur ou son prix. Mais j'ai appris quand mon regard a croisé le sien qu'on pouvait aussi l'arrêter.

Après avoir saisi l'assiette encore chaude, je l'ai simplement remerciée. Et elle est repartie, comme elle était venue et a disparu dans la foule. Mon cœur battait la chamade sur le rythme des guitares. Un orchestre s'était improvisé. Deux hommes limaient leurs ongles noirs sur des cordes de guitare en nylon alors qu'un dernier s'asphyxiait dans une trompette rouillée. Les trois musiciens, à l'équilibre sur un échafaud, battaient le rythme du bout de leurs santiags.

Après le repas, le conseil a repris ses discussions. Au fil des verres, maman était devenue totalement bilingue. Elle s'est placée au centre du cercle tout près du feu et s'est mise à gesticuler dans tous les sens. En la voyant à quatre pattes crier GO GO sur un banc, j'ai compris qu'elle relatait nos aventures de Longchamp. Tout le camp était maintenant autour de maman. Ils rigolaient tellement que certains recrachaient leurs saucisses. Les chiens étaient toujours là à la réception.

J'ai profité de cette allégresse collective pour m'éloigner discrètement. Je voulais retrouver la fille aux yeux verts. Je me suis alors faufilé dans la foule. Une fois de l'autre côté, je me suis rapproché des habitations. Des lumières dans quelques cabanes et caravanes étaient encore allumées. Je me suis dirigé vers la première. C'était une roulotte d'un autre temps. Une pièce d'un vieux musée russe soudoyé à un gardien contre quelques bouteilles de vodka. Ses murs recouverts d'une peinture rouge étaient en mélèze. Mais son odeur était très loin de celle du pin suspendu à notre rétroviseur intérieur. Son toit était arrondi et ses fenêtres rondes comme des hublots qui ont vu à travers les âges, des océans de paysages.

J'ai monté les marches et j'ai frappé. Derrière moi, le bruit des rires, de la musique et de maman racontant nos péripéties recouvrait mes coups de poing sur la porte. Je suis alors entré. La porte grinçait. Il n'y avait presque rien à l'intérieur, à peine quelques meubles récupérés, un réchaud à bois, une paillasse et quelques pots de fleurs à moitié fanées. Il y avait par contre une grande bibliothèque. Encore plus grande que celle de maman !

— Il y a quelqu'un ?

Au fond de la chariotte, une vieille dame au dos tordu plongée dans la lecture d'un livre a sursauté dans son fauteuil roulant. Maman m'a dit plus tard que la pauvre y était coincée depuis sa jeunesse. Elle avait mon âge quand durant un numéro de cirque, une chute à cheval lui a brisé la colonne vertébrale. Malgré sa retraite anticipée, toute la communauté avait pris soin d'elle au fil des années. À moitié paralysée, elle n'avait malheureusement jamais connu la tendresse d'un garçon. Depuis son lit d'hospitalisation, elle passait ainsi ses journées à lire des romans d'amour.

En me voyant, de peur, la vieille dame a fait tomber son livre sur le sol. Elle était cependant trop faible pour appeler à l'aide. Je lui ai alors dit qu'elle n'avait rien à craindre.

Je me souviens très bien de son visage. Un tissu rouge l'enveloppait. Le temps avait creusé ses joues et ses deux nattes de cheveux blancs étaient entourées dans de longs fils dorés torsadés. Pour la rassurer, je lui ai raconté mon histoire, notre arrivée au camp, ma rencontre avec la fille aux yeux verts, et mon cœur qui battait depuis comme un marteau piqueur.

— Tu peux lui parler autant que tu veux, elle ne t'entendra pas.

J'ai à mon tour sursauté. La voix venait de derrière moi. Je me suis aussitôt retourné. Elle se tenait en bas des escaliers de bois. Depuis combien de temps était-elle là à m'écouter ? Ses yeux brillaient comme ceux d'un chat dans la nuit.

– Elle ne comprendra rien. Elle est presque sourde, m'a-t-elle dit.

La fille aux yeux verts est entrée dans la caravane et s'est approchée de la vieille dame. Elle a ramassé son livre tombé au sol et l'a posé sur ses genoux. Sans rien me dire, elle m'a pris ensuite par la main et m'a entraîné avec elle au milieu des caravanes et des cabanes aux tôles ondulées. Nous avons parcouru tout le camp main dans la main. Derrière nous, les cris de joie et le chant des guitares s'éloignaient peu à peu. À l'extrémité du camp, la fille aux yeux verts m'a lâché la main au pied d'un arbre. Elle a monté une échelle faite de vieilles cordes et de planches de bois. Alors à mi-hauteur, voyant que j'étais resté au pied du large tronc, elle a crié.

– Allez, viens ! Suis-moi !

Les cordes se balançaient dans le vide. J'ai pris mon courage à deux mains. Il ne m'en restait plus une pour monter l'échelle. Je l'ai alors laissé en bas de l'arbre en me disant que je le récupérerai en redescendant. Arrivé en haut, j'ai retrouvé la fille aux yeux verts sur un énorme balcon en planches clouées à la plus grande branche. L'arbre surplombait tout le camp. Elle s'est assise et m'a fait signe de faire pareil. C'est ici, à une dizaine de mètres de hauteur, qu'elle m'a dit qu'elle s'appelait Lola.

– Moi c'est Téo, mais sans le « h ». Il faut se débarrasser des choses qui ne servent à rien. Il y en a déjà trop qui servent à quelque chose.

Entre les feuilles de l'arbre, je lui ai montré les trois constellations que maman m'avait apprises. J'ai inventé toutes les autres. Le ciel n'est-il pas suffisamment grand pour pouvoir y glisser quelques petits mensonges ? Nous nous sommes endormis sur ce plancher de bois. Si nous n'étions elle et moi pas nés sous la même étoile, ce sont les mêmes qui ont veillé sur nous ce soir-là.

Le lendemain les chants des coqs nous ont sortis des bras de Morphée. Ils criaient si fort que ça a même réveillé l'aurore.

– Mon chéri, il faut qu'on reprenne la route, criait maman depuis le bas de l'arbre.

Maman m'a demandé de lui faire mes adieux. Elle m'a donné un mouchoir pour sécher mes yeux.

Je suis retourné auprès de mon amoureuse. Je lui ai demandé à quelle adresse je pouvais lui écrire. Elle m'a dit qu'elle ne pouvait pas recevoir de courrier, qu'ils bougeaient sans arrêt. Je l'ai regardée en sachant que c'était la dernière fois. Que jamais je ne pourrai lui écrire mes sentiments, mes joies et mes peurs. Elle m'a répondu que l'amour n'a pas d'adresse à part celle du cœur. Avant de partir, j'ai voulu lui voler un baiser comme le font les stars de ciné. Mais je ne suis pas un voleur. Alors je lui ai demandé si je pouvais lui emprunter, un petit bout de ses joues rosées. Elle les a alors gonflées, pour y accueillir du bout de mes lèvres, une caresse au parfum d'adieu.

Nous sommes repartis maman et moi en camping-car. Entre deux danses près du feu, maman avait conclu un marché avec Kokho : notre voiture et sa remorque contre cet engin de routards. Kokho lui avait certifié que c'était le meilleur véhicule de la communauté. Elle avait alors accepté sans hésiter. Devant mes doutes concernant la jeunesse de cette bicoque, elle m'a expliqué la raison principale de ce troc.

– Mon chéri, c'est pour se fondre dans le paysage. Cela brouillera les pistes.

Tout le village était sorti des caravanes pour nous saluer. Maman avait la larme à l'œil. Je voulais dire au revoir à la fille aux yeux verts, mais maman me disait de ne jamais regarder en arrière. De toute façon, le camping-car n'avait pas de rétroviseurs.

COURS !

Arrivés au bout du chemin de terre, nous avons regardé de chaque côté de la route nationale. Nous pouvions voir le dernier étage de la Tour Eiffel sur notre droite. Nous avons alors pris à gauche. Maman se félicitait de nos exploits. Elle me racontait comment s'était passée la soirée la veille. Elle parlait tantôt en français, tantôt dans une langue qui avait traversé la Roumanie en passant par l'Autriche. Je ne suis pas sûr qu'elle faisait la différence. Sa folie était polyglotte.

Je me suis retourné sur mon siège. Le camping-car n'avait rien de convivial. Nos amis l'avaient allégé à son maximum. Ils ont dit à maman qu'ainsi, elle consommerait moins d'essence. À l'arrière, il n'y avait ni cuisine, ni lit, ni salle de bain, ni télé. Seulement quelques planches en bois à même le sol, ruinées par un nid de termites.

Nos amis avaient gagné au change. Mais comme maman me l'a dit, nous avions gagné en invisibilité. Sans bateau à remorquer, nous pouvions dorénavant nous réfugier même là où il n'y avait pas de lac ou de mer, sans éveiller aucun soupçon.

Assis sur une chaise en plastique à côté de maman, je repensais à la fille aux yeux d'émeraudes. C'était aussi fort qu'un amour d'été. Le mien n'avait duré qu'une nuit, mais mon amour pour elle, lui, j'en suis sûr, durera toute la vie. Pour elle, je me serais laissé pousser la barbe, j'aurais mangé du hérisson avec ses épines, j'aurais volé dans les airs et dans les allées des marchés, j'aurais ferraillé mon cœur que je croyais rouillé, j'aurais fait la Manche et la Méditerranée, j'aurais cueilli le temps des cerises, j'aurais été forain avec sa famille, j'aurais fait l'homme canon pour espérer qu'un jour, elle me trouve beau. Je sais qu'il faut être rom pour se marier avec une fille des gens du voyage. Mais je peux assurer qu'avec la folie de maman, je voyage perpétuellement depuis bien longtemps. En sentant mon cœur se tordre de douleur, je sentais celui de maman. D'une certaine façon, ma douleur me rapprochait d'elle. J'avais mal, mais me sentais affreusement vivant. Maman a vu mon air de chien battu et m'a pincé la joue.

— Eh bien alors, mon chéri. Même Moustache ne fait pas cette tête quand il est malheureux. Qu'est-ce qu'il t'arrive ?

— Rien, maman, c'est rien.

— C'est cette fille ?

Je n'ai pas répondu. Mon chagrin m'appartenait. Je n'avais pas envie de le partager. Alors je lui ai parlé de l'autre chose qui me faisait mal au cœur. Je lui ai demandé pourquoi elle s'était disputée avec Marcus. C'est vrai, il y avait de la place pour lui dans notre évasion. Maman s'est énervée et s'est mise à crier.

— Il a voulu que je retourne avec les fous. Il a voulu nous séparer. Je ne laisserai personne le faire. Tu m'entends ?

Vu le nombre de décibels qui sortaient de sa bouche, je n'avais pas d'autre choix.

— Je suis certaine que c'est lui a appelé les services à l'enfance. Je suis sûre qu'il nous a dénoncés. Je ne veux plus que tu me parles de lui. C'est entendu ?

Un lourd silence s'est invité dans l'habitacle. Son poids a aussitôt ralenti notre vitesse de croisière. Maman a alors embrayé sur un autre sujet.

— Mon chéri, sais-tu que la colle sur les enveloppes israéliennes est certifiée cascher ?

Je détestais quand maman changeait de sujets comme de chemises. Mais au moins, eux, ai-je pensé, ils peuvent envoyer des lettres d'amour.

Je regardais à travers le pare-brise craquelé la campagne se dévoiler. Il était encore très tôt. La rosée recouvrait la nature comme un miroir d'argent.

Dans le ciel, le soleil au loin sortait de son lit de nuages. Il peinait à monter. Lui aussi a ses fragilités. Peut-être qu'il ne voulait pas quitter la lune. Ce matin-là j'étais comme lui. Si j'avais pu, je me serais éclipsé pour rejoindre ses yeux verts. Sur la route, un cycliste est venu à notre hauteur. Il nous a salués avant de nous dépasser. Debout sur sa monture de métal, il s'enfuyait à toute allure vers l'horizon. Maman le regardait envieuse de ses mouvements de danseuse. Ils étaient amples et souples à la fois. Mais elle le savait. Elle ne pouvait plus faire de vélo. Elle avait perdu depuis bien trop longtemps les pédales. Il faut dire que nous ne roulions pas vite. L'aiguille du compteur tremblait à quelques degrés à peine au-dessus de l'horizontalité. À quel genre de fuyards nous ressemblions ? Nous n'avions pas plus fière allure que celle de notre camping-car.

Quelques kilomètres à peine après notre départ, un grand tintamarre mêlant toutes sortes de cliquetis s'est évadé du moteur comme une musique de garage. On aurait dit un chant allemand. Par réflexe, maman s'est mise à danser au volant. Elle l'a tourné dans tous les sens. Et puis tout à coup, une explosion a détonné. Un écran noir est sorti du capot.

– Je n'y connais rien en mécanique, mais peut-être que notre camping-car aurait besoin d'être ramoné mon chéri. Cela serait dommage que cet ennui mécanique laisse nos rêves d'évasion partir en fumée.

Nous sommes alors sortis du véhicule. Maman a essayé d'ouvrir le capot. Mais celui-ci résistait. Elle s'est mise à rouler des mécaniques et à gonfler son torse. Mais cela n'a rien changé. Pour ne pas nous faire repérer sur le bord de la route, nous avons marché sur un chemin qui menait tout droit au milieu de champs. Nous avons passé des champs de fleurs, des champs de blé. Puis, nous sommes tombés nez à nez sur une parcelle nous bloquant le chemin. Nous avons levé les yeux. C'était un champ de tournesols. Les plants étaient plus haut que maman et moi réunis. Elle a décidé tout de même de le traverser. Nous nous sommes alors engagés dans une allée. Les tournesols nous regardaient de haut avec leurs collerettes dorées. Qui sont ces étrangers, devaient-ils penser. D'en bas, leurs ronds de fleurs formaient comme un champ de soleils.

Soudain, nous avons entendu un bruit d'engin de guerre. Nous avons cru tout d'abord à un bruit d'éclair. Mais le ciel était bien trop jaune. De la poussière et de la terre se sont mises à valser juste à côté de nous dans les airs. Tout à coup, un énorme monstre d'acier est apparu devant nous. Maman m'a pris par la main. Nous allions finir broyés dans ses griffes, aspirés dans sa vis sans fin.

– Mon chéri, cours, nous allons nous faire moissonner ! a hurlé maman, paniquée.

Nous avons pris nos jambes à notre cou. Chacun le sien. Et nous sommes partis comme des dératés dans le sens opposé. Derrière nous, la grosse machine aux dents métalliques cisaillait tout ce qui la devançait. Ce n'était pas le moment d'avoir le souffle coupé.

– Mon chéri, a-t-elle crié en me serrant la main et en continuant à courir. Cela serait un comble d'être ainsi fauchés... alors que nous n'avons jamais été aussi aisés.

Nous avons couru de plus belle toujours poursuivis par l'engin métallique. Je sentais son souffle sous mes pieds. Nous avons poussé entre deux foulées un ouf de soulagement quand finalement, nous avons vu à quelques mètres de nous, la bordure de la culture. L'agriculteur, du haut de sa cabine nous a vus sortir de son champ et a coupé aussitôt le moteur.

– Mais d'où est-ce que vous sortez ? nous a-t-il demandé, aussi énervé que surpris.

– De votre champ précisément, lui a répondu maman tout en soufflant pliée en deux, les mains sur ses genoux.

– Mais vous êtes fous (l'homme ne savait pas de quoi il parlait en évoquant maman). J'ai failli vous tuer !

– Vous me coupez l'herbe sous le pied, cher monsieur.

L'homme nous a demandé la raison de notre présence dans ses prés.

– Il ne faut jamais traverser un champ en train d'être moissonné voyons. Vous m'en avez fait une frayeur !

Maman lui a expliqué notre situation concernant l'avarie de notre moteur. Se sentant responsable d'avoir failli nous tuer, il nous a invités à monter à bord. Vu d'en haut, les tournesols formaient un gigantesque tapis doré. Nous avons roulé sur l'or jusqu'à sa ferme. Il y avait là de grandes bâtisses aux murs de vieilles pierres, aux toits de tuiles plates et aux volets de bois. La cloison au niveau du salon penchait un peu vers l'extérieur. La précédente génération avait essayé de pousser les murs pour faire rentrer un meuble trop encombrant. Ils avaient apparemment réussi. Dans le jardin derrière la bâtisse, quelques planches clouées et un grillage ondulé servaient de poulailler. Les coqs bombaient leurs torses. Ils étaient fiers comme des papes avec leurs collerettes. Je suis certain que dans la basse-cour, ils avaient déjà évangélisé toutes les poulettes.

À côté de la ferme, il y avait également une grange de stockage et un moulin à quatre pales qui brassait le vent. Leurs mouvements donnaient le tournis aux vaches du champ d'à côté qui broutaient paisiblement.

Nous avons garé la moissonneuse au milieu de l'allée de graviers. Le paysan m'a tendu la main pour m'aider à descendre de l'engin.

— Vous m'attendez là, je vais chercher les outils.

Une chatte est venue à ma rencontre. Elle avait l'apparence d'un tigre et la consistance d'une tique. Une tête fine et allongée et un gros fessier. Elle s'est auto-caressée sur mes mollets. C'était une chatte de gouttière. Le paysan l'avait adoptée quand sa femme l'avait quitté. Il lui avait d'ailleurs donné son prénom : Jacqueline. Elle lui rappelait son ex-compagne. Tout comme elle, cette chatte passait des heures par jour à se faire la toilette. L'agriculteur est revenu avec une trousse à outils si grande, que j'aurais pu y insérer mon cartable d'école. Il est passé devant nous et a continué sa marche jusque dans la grange. Un grondement s'est fait entendre. C'était le bruit d'un tracteur.

— Alors, vous montez ?

Après avoir parcouru quelques centaines de mètres, le paysan m'a installé sur ses genoux.

— Tu veux conduire ?

J'ai regardé maman pour avoir son avis. Je n'avais pas le permis de conduire. Le seul volant que j'avais touché était celui au badminton en cours de sport. Maman a voulu se griller une cigarette. Mais le paysan lui a dit que c'était un tracteur non-fumeur. Elle est alors montée sur le toit pour la savourer. Du haut de sa cabine, nous avons pu remonter les champs de blé, les champs de fleurs. Nous avons retrouvé la route nationale, le camping-car. Le paysan est aussitôt allé l'inspecter.

– Alors je peux vous le réparer, mais vous ne pourrez sûrement pas l'utiliser.

– Ah bon pourquoi ça ? a lancé maman toujours sur le toit du tracteur.

– Les roues ont été volées.

Ma première réunion de famille

Le paysan nous a proposé de nous emmener dans un village à une vingtaine de kilomètres de là. Un garage automobile y avait pignon sur rue. Nous allions si lentement qu'on aurait dit que la nature nous attendait sur le bas-côté. Plus nous avancions, et plus l'horizon s'éloignait. Nous avons longé des routes de campagne où étaient alignées des maisons de campagne dans lesquelles les Parisiens aiment les week-ends et les jours fériés s'y rendre et y manger du pâté de campagne. Ils n'oublient que rarement ces jours-là les cornichons et le tire-bouchon.

Maman est restée sur le toit de la cabine tout le trajet. C'était sa tour de contrôle afin de voir au loin si nous étions poursuivis. Nous savions au fond de nous que nous l'étions. Mais ne nous savions cependant ni par qui, ni comment. C'était sûrement cela bien le pire. Tout à coup, des bruits se sont fait entendre dans la cabine. C'était maman qui tapait des pieds et des mains sur le plafond.

– Arrêtez-vous. Arrêtez-vous !

L'agriculteur a arrêté net son engin. On allait si doucement que je ne m'en suis même pas rendu compte. Maman a sauté du tracteur et a longé un chemin de terre, bordé d'un muret de pierres.

– Maman, j'ai crié aussi fort que j'ai pu. Où tu vas ? Mais MAMAN, attends-moi !

Mais elle ne ralentissait pas. Je me suis retourné et j'ai remercié le paysan pour son amabilité avant de partir rejoindre maman. Elle marchait si vite que j'étais obligé de courir. Le chemin montait, la pente était raide.

– Mais, maman, où est-ce qu'on va ?

Maman ne me répondait pas. Elle me tirait par la main, pour aller encore plus vite.

— Viens, mon chéri, allez, nous sommes presque arrivés.

Elle était comme attirée par ce qui se cachait en haut de cette colline. Après de nombreux efforts, nous y sommes enfin parvenus. C'était un champ de croix. Il y en avait de toutes les tailles, de toutes les formes. Je ne saurais dire s'il était récent ou neuf. Comme la roue, la croix n'a pas beaucoup évolué dans le temps depuis son invention. Il devait y avoir là-dessous une bonne centaine d'habitants. Le quartier devait être recherché, car de la place avait été aménagée dans le fond du cimetière pour les futurs arrivants. Il faut dire qu'en haut de cette colline, il n'y avait pas de vis-à-vis. Les résidents avaient une vue panoramique sur tous les villages aux alentours.

Maman courait toujours comme si elle connaissait parfaitement la direction à prendre. Entre deux stèles, elle m'a lâché la main et m'a dit d'attendre là. Elle avait besoin d'être seule quelques instants. Je l'ai regardée continuer le long de l'allée. Puis elle s'est agenouillée devant une croix. Moi, je n'aime pas attendre. Alors j'ai déambulé dans les allées. Je suis passé à côté d'un enterrement en cours. Une cinquantaine de personnes se tenaient debout autour d'un trou. Ils étaient tous habillés de noir. Comme si la mort, ce n'était déjà pas assez triste comme ça. Un prêtre chantait quelques prières. Je ne me suis pas musicien, mais qu'est-ce qu'il chantait faux ! Cela ne devait rien soulager à leur douleur. Si les murs ont des oreilles, j'espère que les tombes n'en ont pas. Chaque déménagement d'un nouvel arrivant dans ce lieu dérangerait tous ses habitants.

J'ai continué à flâner à travers les allées. Je regardais les inscriptions sur les pierres. Un prénom, un nom et deux dates. C'est à ça qu'on se résume ? Ils pourraient quand même inscrire des choses plus importantes. Comme des traits de nos caractères : « Aimait promettre, marié quatre fois », « Astronaute repenti, toujours dans la lune ». Ou encore la raison de notre mort : « Aimait malheureusement faire la bombe », « Mort de rire, au sens propre ». Concernant les dates inscrites, je n'étais malheureusement pas assez bon en mathématiques pour calculer de tête l'âge des habitants lorsqu'ils ont emménagé dans le quartier. On devrait sortir les enfants plus souvent des écoles et les emmener dans les cimetières. Ils seraient meilleurs en soustraction. Il est vrai que personne ne pense à la date de sa mort. Sinon, par compassion pour mes futurs camarades qui calculeront au-dessus de ma tombe le nombre de mes saisons, je ferais tout pour que ce soit un chiffre rond.

Ne pouvant calculer leurs âges, je regardais leurs visages. Ils étaient pour la plupart tous encadrés dans des petits ovales. Je me demande pourquoi aucune entreprise funéraire n'a innové de ce côté. Ils pourraient imaginer de leur faire la tête ronde. Et pour les pires des enterrés, je parle des ordures, la tête au carrée. Cela doit être triste de travailler tous les jours avec les morts. Je me demande si les croque-morts, ils savent aussi croquer la vie à pleines dents de leur vivant.

Peu de ces visages étaient en couleur. Apparemment le noir et blanc résistent mieux au temps. Cependant, gravés sur leurs rochers, beaucoup paraissaient heureux de vivre. Savaient-ils seulement lorsqu'ils ont souri à ce moment-là que leur mort porterait ce visage ? C'est donc cela, sourire à la mort ? Sommes-nous appelés un jour pour prendre la photo qui trônera sur notre tombe ou sur la cheminée de nos amis ? Comme le jour de la photo de classe ? Si oui, je ferai une grimace. Maman ne prend pas la vie au sérieux. Alors pourquoi je ne ferais pas de même avec la mort ? Moi, je ne suis pas pressé de mourir. Alors si c'est le cas, si vraiment un jour on m'appelle pour tirer mon portrait, je ne décrocherai pas. Cela ne facilitera pas la tâche de l'administration. Je le sais. Mais si je peux obtenir un délai… Maman est venue à ma hauteur.

— Tu viens ? J'aimerais te présenter quelqu'un.

Maman m'a emmené sur une tombe qui portait notre nom. Ça m'a fait un choc. J'ai alors lu les lettres gravées en doré : « 1970 - 1990 - Camille Flamant ».

Sans le savoir, en faisant naître leur fils une année ronde, mes grands-parents paternels m'avaient grandement facilité la tâche. Papa avait vingt ans quand il est mort. Malgré sa peine, maman a trouvé quelque chose de bucolique dans le fait de mourir la fleur au fusil à la fleur de l'âge. La poésie passée, toutes ces fleurs se sont cependant vite transformées dans son cœur en un bouquet de tristesse.

Sur sa tombe, quelques écriteaux jonchaient la dalle en marbre : « *À notre fils* » devait être celui de ses parents. « *À mon amour* » devait être celui de ma maman. « *À notre frère d'armes* » devait être celui de ses frères d'armes. « *À mon papa* ». Cela devait être moi. Je ne m'en souviens pas. Mais je n'aurais pas mieux choisi.

Maman a caressé la dalle. Malgré le fait qu'elle soit celle de mon papa, elle n'avait rien de spécial. Je ne sais même pas si je pourrai la retrouver au milieu de tous ses voisins. Quelques feuilles mortes s'étaient mêlées aux écriteaux et aux bouquets desséchés. Maman m'a fait avancer au pied de la tombe.

– Mon amour, regarde un peu ton fils comme il a grandi. Il a dix ans maintenant. Pardon de ne pas te l'avoir présenté plus tôt.

Maman a discuté longuement avec papa. Comme il ne répondait pas, elle ne posait pas de questions. Elle parlait de tout, et surtout de rien. Elle a dit qu'il pouvait être fier de moi et tout un tas de compliments que je n'écrirai pas. Parce que maman, elle dit que ça fait gonfler les chevilles. Je me souviendrai toute ma vie, de notre première réunion de famille.

– Je vous laisse entre hommes maintenant, m'a-t-elle dit avant de s'en aller s'asseoir sur un banc.

Entre hommes ? C'était la première fois qu'elle m'a appelé ainsi : « un homme ». Cela voulait dire que je n'étais plus un petit garçon de dix ans qui court derrière les robes de sa maman. Non. Elle a dit que j'étais un homme maintenant. C'était une sacrée promotion. J'ai d'abord été très fier. Et puis je me suis rendu compte d'une chose. Mince, je venais de passer d'un simple enfant à un homme… maman venait de voler mon adolescence.

Maman m'a dit qu'il est toujours bon de regarder les gens dans les yeux quand on leur parle. Alors seul face à sa tombe, j'ai regardé la photo du visage de mon papa. Comme tous ses camarades, il affichait un large sourire.

Même si on avait déjà fait connaissance sur son répondeur téléphonique, c'était très impressionnant. Papa, c'est l'inconnu que je connais le plus au monde. Même plus que des gens connus. Ne sachant pas s'il avait pris soin d'écouter mon message sur sa boîte vocale, j'ai décidé de ne rien dire. Je ne savais pas quoi penser. Je me suis contenté d'imaginer ma vie s'il ne l'avait pas fait, ce foutu pas de travers. On serait partis en Catalogne manger de la paella dans des hamacs, on aurait creusé des mines d'or pour enterrer la folie de maman, on aurait limé les montagnes pour avoir encore plus d'horizons, on aurait participé aux championnats du monde d'évasion de labyrinthes, inventé des confitures de fleurs, radiographié des palourdes, monté un business d'ananas à queue orange, réintroduit les thylacines en Australie. Mais non. Rien de tout ça n'a été possible. Regarder une pierre, calculer une soustraction et imaginer. C'est tout ce que l'on peut faire quand on est l'enfant d'un papa qu'on n'a jamais connu. Je lui en veux parfois d'être mort. Il aurait pu faire attention. Traverser un champ de mines, c'est comme traverser un passage piéton. Non ? En plus à l'armée, ils lui avaient dit. Le moindre faux pas peut être fatal. Mais je ne pouvais pas lui en vouloir. Il a aimé maman. Et ça, ça excuse tout.

Quand je suis arrivé à la fin de tout ce que j'aurais aimé faire avec lui, j'ai rejoint maman un peu plus bas sur le banc. Elle m'a pris le front entre ses deux mains et y a déposé un baiser. Il était si bon que j'en porte encore la marque. Derrière nous le prêtre avait enfin fini de chanter. Il faisait si beau qu'on pouvait voir la lune flotter dans le ciel bleu. Je n'étais pas triste, non. Mais j'avais le cœur lourd comme l'univers tout entier. Alors maman a fait ce qu'elle sait faire de mieux.

– Tu sais ce que Neil Armstrong a dit à ses collègues avant de descendre sur la Lune ?

Je l'ai regardée, interrogateur avant de lui dire que non. Maman a mis sa main contre sa bouche pour imiter le bruit de l'espace.

– Il a dit : OK, les gars, c'est moi qui m'y colle, mais je veux être à côté du hublot pour le retour !

Maman et moi on a ri. On a ri des éclats de verre qui ne coupent pas. On a ri tellement qu'on a failli réveiller le mort qu'ils étaient en train d'enterrer quelques mètres derrière nous. Tous ceux qui assistaient aux funérailles ont tout à coup fait une tête d'enterrement en nous entendant nous tordre de rire. On pouvait entendre : « *mais quelle éducation* », « *ils n'ont vraiment aucune décence* », accompagnés de chuts et d'un plus vulgaire : « *Mais ils vont la fermer leur putain de gueule* ». Mais nous n'arrivions pas à nous arrêter. Alors nous sommes partis en courant. Nous sommes descendus le long de l'allée centrale. J'en avais mal au ventre de rire. Il y a parfois, des douleurs qui font du bien. Maman riait comme une baleine et moi comme une clé à molette. Quand nous avons enfin fini de rire sur le parking du cimetière, j'ai demandé à maman où est-ce que nous allions maintenant. Je lui ai dit que les services sociaux sont très renseignés. Et que si nos dossiers contenaient assez de pages pour faire rentrer papa dedans, il était très probable qu'ils nous recherchent ici.

– Tu as raison, mon chéri. Pour nous trouver, ces personnes vont essayer de penser à notre place.

– Alors comment fait-on, maman ?

– Si nous ne souhaitons pas qu'ils nous trouvent, alors arrêtons-nous tout simplement de penser !

Maman est fabuleuse pour trouver des solutions à toutes les situations. Par bonheur, je n'ai eu aucune difficulté à le faire. Maman non plus. Nous sommes restés ainsi de nombreuses minutes immobiles entre deux bandes blanches peintes au sol sur le parking. Et plus le temps passait, plus je pensais à ne rien penser. Ce qui, à un moment, a pris toutes mes pensées.

– Je suis désolé, maman.

– Qu'est-ce qu'il y a ?

– Je crois que je viens de penser. Je nous ai fait repérer.

– Ne t'excuse pas, mon chéri.

– Mais où est-ce qu'on va aller maintenant ?

– C'est simple. S'ils pensent qu'on va aller dans un endroit qu'on va penser, il nous faut tout simplement aller dans un endroit qu'on ne connaît pas et dont il nous est impossible de penser !

Maman était un génie. Elle avait une réponse à tout. Elle a fait semblant de réfléchir. Elle excellait à faire semblant. Elle faisait semblant tout le temps. Dans le train, dans la rue, chez l'épicier. Elle faisait semblant d'écouter les gens qui lui disaient quoi faire, qui lui disaient comment se soigner, les gens qui lui disaient qu'un jour, il faudrait tout arrêter. Maman penchait toujours la tête sur la droite pour réfléchir. Ses idées devaient être plus lourdes de ce côté. Elle portait également toujours son index droit à son menton, pour le soulager du poids de son imagination. Le regard de maman a scruté le parking et s'est arrêté sur un corbillard. Il était encore plus long et plus noir que le camping-car. Avec la taille de son coffre, il fallait être foutrement bon en créneau pour pouvoir le conduire. L'avantage, c'est que les passagers ne se plaignent rarement de la conduite.

Maman s'en est approchée. Aucun corps vivant ou mort n'était à répertorier à l'intérieur. Les clés étaient encore sur le contact. Qui volerait un corbillard un jour d'enterrement ? Même les voleurs n'ont pas la tête à ça lors de ces occasions. Maman m'a demandé d'aller à la place du mort. J'étais enchanté de jouer ce rôle. Je me suis précipité à l'arrière. Je me suis allongé sur le plancher et j'ai souri comme les morts le font sur leurs photos. Maman a ri !

– Mais non, mon chéri, voyons ! Pas cette place du mort. L'autre !

J'ai grogné. Ma carrière d'acteur était morte avant même d'avoir commencé. Je me suis alors levé et je me suis installé après quelques protestations. Dans les arbres, les oiseaux qui nous regardaient, étonnés de ma soudaine résurrection se sont envolés. Maman s'est saisie du képi qui traînait sur son siège et l'a mis sur ma tête comme pour se faire pardonner.

Elle m'a dit que ce n'était pas prudent d'être à l'arrière. Qu'il n'y avait pas de ceinture de sécurité pour protéger les défunts de la mort. Faire le mort assis à côté de maman était tout de même moins drôle. Mais c'était plus sûr si je souhaitais rester en vie.

Le bout du monde

Maman a exécuté notre plan sans sommation. Elle a roulé tout droit vers un endroit que l'on ne connaissait pas. Elle a roulé aussi loin que possible. Et moi je me suis endormi. Quand je me suis réveillé, maman n'était plus au volant. Devant le corbillard, se prélassait la mer. Elle prenait un grand bain de soleil. Mes paupières voulaient tomber comme un rideau de théâtre après une pièce de sommeil qui n'avait pas encore fini. J'ai essuyé mes crottes de larmes avec mon petit doigt et je suis sorti du corbillard. L'air était léger, au parfum iodé.

Maman avait garé la voiture dans le jardin d'une maison donnant sur l'horizon bleuté. Ses épais murs blancs protégeaient ses occupants des embruns et des marées.

La porte d'entrée ainsi que tous les volets en bois arboraient la couleur du ciel. Sur le toit en ardoise, le chapeau de la cheminée abritait quelques oiseaux fatigués d'apprendre aux poissons volants à voler. Quelques arbres plantés à l'entrée de la propriété poussaient de façon anarchique. Mais d'après des photos dans le salon, ils avaient l'avantage de cacher ses propriétaires durant leurs séances de bronzage naturistes. Sous la plus grande des branches, une planche de bois était accrochée aux extrémités de deux cordes blanches. La balançoire virevoltait. Ses trajectoires suivaient celles du vent.

Je me suis approché du rivage. Il y avait un précipice d'une dizaine de mètres qui donnait directement dans l'eau. Un pas de trop, et c'était le grand saut. C'est donc à cela que cela ressemble, le bout du monde ? Je l'imaginais plus abrupt. Il ne fallait pas tomber. Alors que je regardais les vagues se fracasser joyeusement sur les rochers, j'ai entendu maman arriver dans le jardin.

– Tu tombes bien, mon chéri, m'a-t-elle dit tout en enlevant quelques gouttes de sueur d'un revers de manche sur son front. Je viens de m'entretenir avec le propriétaire. Nous allons nous établir ici le temps de changer d'air.

Elle a pris les quelques affaires qui restaient dans le corbillard et m'a invité à la suivre. Sur la façade principale, la porte d'entrée avait été fracturée et une fenêtre avait été brisée. Maman semblait si heureuse que je n'ai pas osé lui faire remarquer mes observations.

La maison était confortable. Il y avait une grande pièce à vivre, mais heureusement, aucune pour mourir. Le sol était recouvert d'un carrelage. Lorsque je marchais dessus pieds nus, mes empreintes de pas restaient quelques secondes avant de s'effacer. La bibliothèque recouvrait tout un pan de mur de la propriété. Des esquisses minimalistes de papillons et d'insectes révélaient la présence d'un ancien locataire entomologiste. Un large canapé bleu trônait au milieu de la pièce en face de la cheminée. Les assauts répétés d'enfants lui sautant dessus, l'avaient à quelques endroits décapitonné.

N'ayant trouvé aucune victuaille dans les tiroirs, nous avons roulé jusqu'au village d'à côté, pour dévaliser le petit supermarché. Maman a largement profité du fait que nous n'étions pas limités par la taille du coffre du corbillard. Elle a alors pioché au hasard dans les rayons et en a sorti du lard, du homard, du fromage savoyard, du sauciflard, du café Richard. Arrivés devant le rayon boisson, maman a plissé le front. Le caddie était si plein à craquer qu'il avait du mal à rouler. Elle m'a demandé d'aller en chercher un autre à l'entrée. Elle a commencé à le remplir en prenant soin de respecter l'ordre alphabétique afin d'être certaine d'en oublier aucun. Absinthe, Amaretto, Amer Picon, Amoroso, Anis, Aperol, Armagnac, maman n'était même pas arrivée à la lettre B que déjà le caddie débordait. Elle a cependant réussi à glisser quelques bouteilles de la deuxième lettre de l'alphabet, au niveau du siège bébé.

L'après-midi, maman et moi avons joué à Bacar dit. Maman m'a laissé endosser le rôle de Bacar.

– Bacar dit : maman touche toi le nez avec la langue. Bacar dit : fais le cri de la mouette rieuse qui pleure. Bacar dit : mange sur le pouce.

Maman s'est aussitôt pliée dans une posture acrobatique. Lorsqu'elle se trompait, elle buvait le nom du jeu, ses trois syllabes à la fois. Maman adorait ce jeu. Elle pouvait boire comme un trou de mémoire.

– Mon chéri, s'il te plaît. Encore une partie ! Regarde, elle m'a dit en me montrant une nouvelle bouteille à peine ouverte. À ce jeu je vais devenir une experte !

Mais après chaque gage raté, je voulais arrêter de jouer. Je voyais que l'ivresse l'emportait, que maman allait se brûler à nouveau les ailes. Le jeu n'en valait pas la chandelle. Plus tard, malgré la chaleur du soir, maman a mis du bois dans la cheminée. Une fois le feu allumé, elle l'a dompté en lui criant dessus en allemand et en le menaçant d'un fouet de cuisine. On est resté des heures à regarder les flammes rugir. On a attendu avec impatience le clou du spectacle : le moment où une bûche se fend en deux dans le brasier. Il ne fallait pas cligner des yeux pour ne pas louper l'action. Elle ne durait qu'un instant.

Les crises de maman sont rapidement devenues permanentes. Elle s'est remise à boire beaucoup. Elle était d'ailleurs souvent trop joyeuse pour pouvoir monter les escaliers jusqu'à sa chambre. C'était triste à voir. Un matin quand je me suis réveillé, je n'ai trouvé que sa couverture sur le canapé. J'ai regardé au sol. Il n'y avait aucune empreinte sur le carrelage. J'ai imaginé le pire.

– MAMAN !

J'ai crié son nom dans la maison ainsi que dans chaque recoin du jardin. J'ai soulevé l'eau de la mer pour voir si sous sa blanche écume, elle avait décidé d'y noyer son amertume. Je suis monté en haut des arbres pour crier que je tenais à elle. J'ai écrit à la craie sur les ardoises du toit, les mots « je t'aime ».

J'étais désemparé. Elle m'avait abandonné. J'ai regardé le précipice et j'ai voulu sauter. Mais même si j'étais un homme selon maman, je n'avais encore que le courage d'un enfant de dix ans. J'ai alors marché le long de la falaise. J'ai rejoint une plage en contre-bas, et c'est là que je l'ai vue. Avec un balai raclette, maman balayait le sable pour enlever l'eau de la mer qui remontait inlassablement. Énergiquement, maman combattait à coup de balai chaque nouveau reflux apporté par la marée. Elle paraissait à bout de forces, épuisée. Mais je suis sûr que si ce matin-là, je l'avais laissée seule avec l'océan, elle aurait réussi à le repousser. La folie s'était emparée d'elle. Sa beauté aussi. Sa maladie avait quelque chose de poétique. Je l'ai regardée épris de panique. J'ai crié son nom, mais le vent me le renvoyait en pleine figure. Je me suis alors approché d'elle et je l'ai suppliée d'arrêter.

Sa folie la prenait toujours à l'improviste. Elle ne prenait jamais le soin de prévenir. Je redoutais chacune de ses apparitions. Elle n'a pas mis longtemps à s'inviter de nouveau. Dans l'après-midi, maman était dans la cuisine. Elle rechargeait son anis. Mais seulement un fin filet d'eau est sorti du robinet. Sûrement une coupure d'eau. Maman s'est alors empressée d'aller dans la remise avec son verre à la main. Et à l'aide d'une pelle, elle a commencé à creuser dans le jardin. Le trou était aussi grand que celui d'une tombe quand je lui ai demandé ce qu'elle cherchait.

– Mais de l'eau, mon chéri. De l'eau. Je creuse pour atteindre la nappe frénétique.

Je l'ai regardée hagard, creuser cette fosse, sceptique sur son état psychique.

Les jours sont passés et la situation s'est empirée. Lorsque la tempête arrivait, maman aimait s'asseoir sur la balançoire. Elle se laissait bercer en avant, en arrière au rythme du vent. Elle était au bout de ces deux cordes comme un métronome mal accordé.

Un soir, alors que j'étais enveloppé dans ma couverture prêt à m'endormir, maman a frappé à ma porte.

— Je peux entrer, mon chéri ?

Elle a refermé délicatement la porte derrière elle puis s'est approchée d'un pas lent vers moi. Elle s'est assise sur le bord de mon lit et a caressé les cheveux qui traînaient sur mon front. Elle paraissait apaisée. Son haleine chaude ne m'a pas enivré. Elle ne sentait ni l'armagnac ni le bourbon. Cela n'annonçait rien de bon.

— Mon chéri, m'a-t-elle dit de sa voix la plus douce. Je voulais te dire que je suis désolée. Je sais que notre échappée n'est pas aussi belle que souhaité. Mais il faut se rendre à l'évidence…

Maman a marqué un silence et a fermé les yeux. Elle n'aimait pas se rendre. Même à elle. J'en ai profité pour me relever et m'accrocher à son cou.

— NON, MAMAN, j'ai crié. Ne dis pas ça. S'il te plaît. Pas toi. Nous allons y arriver. Je n'ai pas envie que les services sociaux nous séparent à nouveau.

Maman s'est déliée de mon étreinte et m'a repoussé délicatement au fond de mon oreiller.

— Moi non plus, mon chéri. Mais je n'ai plus de forces. Tu le vois bien. Ma maladie m'emporte chaque jour un peu plus.

— Mais, maman, je vais veiller sur toi.

— Oui, mon chéri, je le sais. Mais la folie…

Maman pesait ses mots au gramme près. Ceux qu'elles voulaient me dire dans un premier temps étaient bien trop plus lourds de sens. Ils auraient pu m'écraser. Alors elle a pris son temps, car peut être savait-elle que ce serait le dernier ensemble.

— Mon chéri... Tu sais... La folie, ça ne se soigne pas avec l'amour.

Je n'ai rien su répondre. Après un court silence, maman a porté ses lèvres au parfum boisé sur ma joue pour y déposer un baiser. Elle y a laissé une empreinte chaude et délicate. Elle a remonté le drap en coton jusqu'à mon menton. Puis elle s'est levée, a éteint la lumière en sortant et m'a laissé seul dans l'obscurité. Je me suis endormi pour ne plus y penser. Mais juste avant, je crois que pour la première fois de ma courte existence, j'ai prié. Parler à un dieu, c'est un peu comme parler à un mort. Alors j'ai fait comme maman, je n'ai pas posé de questions. Et même si un quelconque dieu était en vie, je ne suis pas certain qu'il aurait trouvé des réponses. À la fin de ma prière, comme je ne savais pas comment faire, j'ai dessiné avec ma main un signe de croix à l'envers. De toute façon plus rien n'avait de sens.

Le naufrage

Ce matin-là, la pluie et ses cliquetis m'ont réveillé. Je me suis levé de mon lit et je me suis approché de la baie vitrée. Au loin l'orage grondait. Il sait toujours se faire entendre quand il n'est pas content. L'océan était devenu une grande piscine à débordements. Les flots s'écrasaient joyeusement sur le rivage dans une infinité d'éclaboussures qui montaient jusque dans les nuages. Les rafales emportaient dans le ciel quelques oiseaux audacieux.

En descendant, tout était étrangement calme. Même les flammes dans le foyer de la cheminée avaient cessé de danser. La nuit avait été agitée. Dans le salon, des bouteilles étaient dispersées en vrac. Cette nuit-là, maman avait totalement vidé celle d'Armagnac. Elle l'avait bue si vite, que même les anges n'avaient pas eu le temps de prendre leur part.

Ce matin-là, je n'ai pas vu de couverture sur le canapé. Maman avait eu assez de force la veille pour monter se coucher. À l'heure du petit déjeuner, je suis monté la réveiller. J'ai poussé la porte de sa chambre. J'ai allumé la lumière. J'ai vu son lit vide, immensément vide. J'ai crié « *maman* » dans toutes les pièces de la maison. En pyjama, j'ai ouvert la porte d'entrée. Le vent en a profité pour s'y engouffrer et ressortir aussitôt par le conduit de la cheminée. Le courant d'air a emporté la porte. Elle s'est refermée brusquement devant moi dans un bruit d'éclair. J'étais de nouveau seul. Maman était partie. J'étais terrorisé.

Je ne savais pas quoi faire. J'ai regardé tout autour de moi. J'ai vu le téléphone. Le seul numéro que je connaissais était celui de la police. Mais je ne voulais pas qu'on se rende. J'ai couru à l'étage. Je suis entré dans la chambre de maman. J'ai ouvert son sac. J'en ai sorti des billets, des cigarettes, des tickets de caisse, des lunettes de soleil, des mouchoirs, un trousseau de clés et un agenda. J'ai parcouru ses pages jusqu'au répertoire. J'ai trouvé le numéro de l'avocat, du plombier. J'ai sauté quelques lignes et je l'ai finalement trouvé. En face de son nom figurait le numéro de Marcus. Je suis alors descendu, j'ai pris le téléphone et je l'ai appelé. Les bips se sont succédé, puis il a décroché.

– Oui, allo ?

J'ai d'abord laissé un silence. Je ne savais pas par où commencer.

– Maman a disparu.

– Théo ? C'est toi ? qu'il m'a demandé.

– Maman a disparu, j'ai simplement répété d'une voix tremblante.

– Théo, s'il te plaît, mon bonhomme, dis-moi où tu es.

Je suis resté muet derrière le combiné, le regard fixé sur les touches du clavier.

– THÉO ! Dis-moi où tu es, je t'en prie !

– Je n'en sais rien..., j'ai bégayé.

J'ai alors fouillé dans le tiroir sous le téléphone. Il y avait quelques factures payées avec une adresse dessus.

Et puis des larmes sont montées. Il y en avait tellement qu'elles se sont mises à couler à travers le combiné. Quand Marcus a senti mes premières gouttes salées se répandre dans son oreille, il a creusé une main pour les recueillir. Alors au bout du fil, coincée entre ses doigts resserrés, il a vu dans cette marre de tristesse, mon infinie détresse. Alors avec sa voix si douce et grave à la fois, il m'a simplement dit : « j'arrive ».

Marcus a ainsi roulé à travers la tempête pour me rejoindre sans même s'arrêter. Et moi, je suis retourné dans ma chambre pour essayer de dormir, mais surtout pour me réveiller dans une autre vie. Un bruit d'explosion m'a tiré du lit aussi vite qu'une balle de fusil. Les déflagrations venaient du jardin. Je les avais reconnues.

– MARCUS, j'ai crié derrière la fenêtre.

Je ne lui ai pas laissé le temps de répondre à mes salutations. J'ai dévalé les escaliers deux par deux, en n'en rajoutant parfois une, parfois deux. Je suis sorti en trombe de la maison. Il pleuvait des cordes qui tombaient par nœuds entiers. Je courais si vite que ma joie avait de la peine à me suivre. Je lui ai sauté dans les bras. Je me suis tellement pendu à son cou, que j'ai failli mourir de joie. Son blouson de cuir portait l'odeur de la pluie et de l'essence brûlée. Bon Dieu, j'ai pensé. Que c'était bon de le retrouver.

Nous nous sommes mis à l'abri dans la maison. Il m'a demandé de tout lui raconter. Je ne lui ai rien caché : la voiture au cheval noir, nos faux prénoms, la roulotte russe, notre chevauchée pour ne pas finir en huile de tournesol, ma rencontre avec papa, ma résurrection à l'arrière du corbillard.

Marcus m'a rassuré comme il l'a pu. Il m'a demandé de rester au domaine, au cas où elle revienne. Il s'est dirigé vers la porte, et s'en est allé à sa recherche. Dans le salon, à travers ma fenêtre, je l'ai regardé s'enfoncer dans la tempête. Il criait son nom.

– Rose, c'est Marcus. Je suis là. Tout va bien aller maintenant. Rose, t'es où ? Rose...

Et puis plus rien, à part le souffle du vent. Marcus l'a finalement retrouvée. Elle était seule, au milieu de la plage en train de bâtir un château de sable. Avec une petite pelle, elle avait érigé des murailles et des tourelles. Avec un seau, elle avait construit les tours de son château. Avec sa folie pour seule couronne, elle s'était sacrée reine de son propre royaume.

Marcus lui a demandé de rentrer. Il lui a répété que j'avais encore besoin d'elle. Qu'il était temps d'arrêter.

– C'est vous qui allez arrêter, monsieur. Sinon j'appelle ma garde rapprochée.

Maman était en plein délire. Alors que maman remontait le pont-levis pour sauver son château des attaques de la marée, Marcus l'a prise sur son dos.

– Mais lâchez-moi.

– Rose, je te ramène chez toi. Calme-toi. Je t'en prie.

Maman était aussi déchaînée que la météo. Elle le frappait, le mordait.

— Ramenez-moi à mon château immédiatement. Ce n'est pas ainsi qu'on traite une reine de mon rang.

Tout le long du retour, maman s'est débattue pour rejoindre son royaume imaginaire. Elle s'est tellement débattue qu'elle en est tombée de fatigue. Marcus est rentré avec maman accrochée à son cou. Je leur ai ouvert la porte. Marcus l'a allongée sur le canapé. Il est ensuite monté à l'étage faire couler un bain chaud. J'ai regardé maman. Elle était inerte. J'ai essayé de lui parler. Elle avait sa robe déchirée, le corps gelé et les cheveux trempés. Alors qu'elle était inconsciente, Marcus l'a déshabillée. Sa peau était aussi claire que de l'ivoire. Il l'a portée dans les escaliers et l'a déposée dans la baignoire pour la réchauffer.

— Vous êtes mon prince charmant, lui a-t-elle demandé à demi éveillée ?

Il lui a répondu qu'il était simplement Marcus, un heureux plumassier. Marcus l'a ensuite allongée dans son lit. Même morte de fatigue, maman a passé derrière ses yeux refermés toute l'après-midi à danser avec Morphée. Maman avec sa folie l'a tellement tourmenté, que même lui est finalement allé se coucher. Marcus a préparé le dîner. Il n'a rien mangé. Il n'avait pas d'appétit. Il avait dû le perdre dans la tempête.

— Théo. Écoute-moi. Je dois te parler d'une chose importante.

J'avais peur de ce qu'il allait me dire.

— Ta maman a besoin d'aide. Elle est gravement malade. Pour elle, le réel n'existe plus. Tu comprends ça ? Elle doit se faire soigner.

Je n'avais pas envie d'être séparé d'elle. Marcus m'a pris dans ses bras. Sa barbe me piquait les joues.

— Est-ce que je viens de couper une discussion d'homme à homme ? Avez-vous au moins vu dehors la tempête ? Je n'ai même pas pensé à rentrer le linge.

Maman était réveillée. Elle descendait les escaliers en peignoir comme une mannequin lors d'un défilé.

– Vous en faites une tête. Qu'est-ce qu'il vous arrive ? Vous avez vu la mort ?

Marcus s'est levé et s'est approché d'elle.

– Rose, comment vas-tu ?

– Mais parfaitement bien. Parfaitement bien, elle a répété.

Maman s'est approchée de la chaîne Hi-fi. Elle a allumé la radio. Elle est allée de station en station et a arrêté son choix sur une chanson de jazz. Des sons de trompettes, de trombones et contrebasses ont envahi le salon. La musique était merveilleusement mélancolique. Maman s'est ensuite approchée de Marcus et l'a invité à danser. Il s'est laissé faire. Maman a enroulé ses bras autour de son cou.

– J'ai peur, Marcus. J'ai peur de perdre la tête, ou tout du moins, ce qu'il en reste. Alors, avant que la folie ne revienne, avant que j'oublie, fais-moi danser.

Maman et Marcus ont ainsi dansé toute la nuit, accrochés l'un à l'autre. Ils ont tourné et tourné encore. Ils ont tellement tourné que même la terre ne savait plus dans quel sens le faire.

Le lendemain matin Marcus était déjà dans la cuisine quand je suis descendu. Il avait l'air préoccupé. Il était plongé dans ses pensées et nageait en apnée dans un océan de questions. Devant lui, sur le feu bleu de la gazinière, la cafetière à l'italienne recrachait de grandes volutes de fumée à la manière d'un fumeur de cigares cubains.

Maman est descendue peu de temps après moi. Elle paraissait reposée. Marcus n'a pas voulu évoquer son délire de la veille. Ce matin de toute façon, tout son royaume avait déjà dû être renversé par les vagues d'un océan remonté.

Comme il faisait beau, nous avons petit-déjeuné dans le jardin, sur une table en bois face à la mer. Quelques mouettes stationnaient dans les airs, attendant de nous le moindre faux pas. Plus bas, les vagues s'échouaient sur le rivage. Nous devions parfois nous battre, pour parler plus fort que leurs naufrages. Elles étaient si bruyantes, que nous devions même parfois hurler.

– Que dis-tu, Marcus ?

– J'ai dit, ça vous dirait d'aller voir les oiseaux migrateurs ?

– De nous faire chatouiller le dos sur des lits gratteurs ? a répété maman encore plus fort.

Marcus et moi avons hurlé à nouveau, de rire cette fois. Nous n'arrivions plus à nous arrêter. Ne sachant pas pourquoi, maman s'est vexée et a décidé de finir le petit déjeuner dans la salle à manger.

– Rose, mais attends !

Nous l'avons rejointe tout de suite après. Plus tard dans la matinée, Marcus a démarré le side-car. Maman s'est placée derrière lui et moi dans le panier. Nous avons roulé jusqu'aux marécages pour observer les oiseaux en pèlerinage.

Marcus m'a donné des jumelles, et j'ai regardé à travers ces deux ronds, ces oiseaux si heureux de ne pas être en cage.

– Regardez. Là-bas, ceux aux ailes blanches et aux becs orange. Ce sont des Sternes arctiques. Elles passent leurs vies à voler d'été en été. Pour ça, elles parcourent le monde entier du pôle Nord au pôle Sud. Et là-bas, Théo regarde. Les noirs avec le cou engoncé, ce sont des martinets noirs.

– Ceux qui ont de toutes petites pattes ?

– Oui, si petites qu'ils ont du mal à marcher.

– Mais alors comment ils font ?

– Je crois qu'ils s'en moquent parce qu'ils passent leur vie à voler. Ils mangent, boivent, dorment et même s'accouplent en vol sans jamais se poser.

Maman avait enroulé ses bras autour de mon cou comme une écharpe de douceur. Nous sommes restés ainsi de longs instants à observer les oiseaux. Certains apprenaient à chanter, d'autres à voler. Ces derniers l'avaient bien compris : il est toujours plus prudent de le faire au-dessus de l'eau. Je n'avais pas envie de les quitter, car je savais que demain, ils seraient déjà loin. Sur le chemin du retour, nous nous sommes arrêtés dans un café sur le bord de la plage. Il n'y avait que nous. Nous et l'immensité. Un serveur est ensuite arrivé. Maman a demandé un café frappé. C'était la boisson qui lui ressemblait le plus : un glaçon givré enrobé d'une douce folie.

Nous avons parlé de plein de sujets comme la remontée des truites en Alaska, le pouvoir du poivre à faire éternuer et les collectionneurs de graines. Son café descendu, maman a couru sur la plage et s'est baignée dans les vagues tout habillée. Je l'ai rejointe dans les remous. Elle s'est fait une perruque avec les algues. Ce moment puait l'iode, mais respirait le bonheur. J'aurais voulu emprisonner cet instant pour toujours. Mais comme pour les oiseaux migrateurs, je suis sûr qu'il préfère de loin sa liberté. Alors après quelques hésitations, je le lui ai laissé.

Nous avons repris la route. Sur le chemin du retour, maman s'accrochait si fort à Marcus que rien au monde n'aurait eu assez de force, pour la séparer de lui à ce moment-là. Dans mon panier, je regardais les lignes au sol défiler. J'essayais de faire rebondir mon regard sur chacune d'entre elles. Marcus quant à lui était concentré derrière son guidon. Il semblait tourmenté.

Nous étions presque arrivés quand j'ai compris que quelque chose de grave allait se passer. À côté du corbillard, plusieurs voitures étaient alignées dans l'allée. J'en ai même reconnu une. C'était celle sans toit avec les sièges rouges. C'était celle qui était stationnée en bas de l'immeuble, quand papi et mamie ont sonné à la porte le mois dernier. Dans l'allée, il y avait aussi une ambulance aux lumières allumées, une voiture de policiers et une dernière rouge mal garée. C'était un véritable comité d'accueil. Un groupe d'une petite dizaine de personnes discutait sur le pas de la porte. Lorsqu'ils nous ont vus, ils ont formé une ligne d'arrivée. Marcus n'a pas semblé surpris. Il a simplement ralenti et s'est arrêté juste devant eux. Il ne m'a pas fallu longtemps pour comprendre. Pour maman non plus. Elle m'a regardé les yeux épris de panique. Elle s'est approchée délicatement de mon oreille et m'a dit d'une voix douce « *Je suis désolée mon chéri* ». Puis elle a enlevé son casque, a enjambé la moto et s'est mise à courir en direction du rivage. Les deux hommes en blanc l'ont aussitôt poursuivie. Maman faisait de grandes enjambées, comme les hommes qui marchaient sur la Lune derrière l'écran de la télé.

Maman a écarté ses bras comme un ange sur la piste de décollage. Les conditions étaient optimales pour un vol sans ombrage. Le précipice était maintenant à quelques mètres devant elle. Elle s'est élancée dans les airs au-dessus des rochers en contre-bas. Je l'ai regardée sans bouger. Je ne savais pas que maman savait voler. Ses pieds puis tout son corps se sont mis à léviter. Ses bras ont dessiné dans l'air de grandes auréoles. Elle était maintenant en apesanteur au-dessus du vide. Mais un ambulancier est parvenu au dernier moment à l'arrêter. Il l'a écartée du précipice et l'a serrée contre lui. Maman s'est débattue violemment comme un oiseau qu'on viendrait de capturer.

— Du calme, madame. Du calme ! ils n'arrêtaient pas de répéter.

L'ambulancier la retenait de toutes ses forces pour l'empêcher à nouveau de s'envoler.

— Voilà. C'est bien. On se calme, madame.

Mais maman n'avait nulle intention de se calmer. Alors que les deux ambulanciers tenaient maintenant chacun un bras de maman, les deux gendarmes les ont rejoints pour la saisir à leur tour au niveau des jambes.

— Lâchez-moi, bande de brutes rurales ! Lâchez-moi !

Le vent dans les feuilles des arbres, les vagues sur les rochers, les battements d'ailes des goélands, le temps. Tout s'est arrêté d'un coup. Maman a regardé dans notre direction.

— MARCUS ! C'est toi qui nous as dénoncés. MARCUS !

Les yeux de Marcus se mirent à briller et son souffle à s'accélérer.

— Comment as-tu pu ? Dis-moi ! Comment as-tu pu ? criait-elle en boucle tout en gesticulant dans tous les sens pour se libérer. Et lâchez-moi bande de fonctionnaires à mi-temps en uniforme délavé !

Les gendarmes et les ambulanciers maintenaient encore plus fermement leurs étreintes pour l'empêcher de se libérer.

Maman lâchait des hurlements de douleur. Marcus s'en voulait. Il s'est mis à pleurer. Il lui a demandé de l'excuser, de se laisser faire. Il disait que c'était pour son bien ainsi que pour le mien. Il n'arrêtait pas de s'excuser.

– Je suis désolé, Rose. Mais cela ne pouvait plus continuer. J'ai fait ça pour ton bien. Comprends-moi...

– Ordure ! Espèce de sac de plumes trouées. Moi qui te faisais confiance...

– Je t'en prie, Rose, laisse-toi faire. Ils vont te faire du mal si tu continues...

Devant la porte d'entrée, un couple de vieilles personnes regardait la scène. La femme était effondrée. L'homme, lui, se contentait de serrer ses poings et sa mâchoire, pour ne rien laisser voir. En passant à leur niveau, toujours soulevée à quelques centimètres du sol, maman les a insultés eux aussi. La vieille dame a essayé de la consoler comme une mère l'aurait fait pour sa fille. C'est là, c'est à cet instant-là, que j'ai compris. Maman, elle, continuait de se débattre.

– Laissez-moi, je vous en prie, criait-elle. Laissez-moi avec mon fils. Il a besoin de moi.

Elle s'est mise à hurler mon prénom. Maman était hors d'elle. Les ambulanciers et les gendarmes avaient du mal à la contenir. Marcus m'a pris dans ses bras et m'a pressé contre lui. Il a ensuite recouvert de ses mains mes oreilles et mon regard. Il ne voulait pas que tout ça atteigne ma mémoire. Ne pouvant plus ni voir ni entendre ses hurlements, j'ai choisi ce nouvel instant pour pleurer.

J'aimerais écrire comme j'ai pleuré… mais je ne vais pas le faire, de peur de noyer des mots sous mes larmes. Ils ont porté maman jusque dans l'ambulance. Ils l'ont attachée sur le lit avec des sangles en plastique et lui ont injecté un produit pour l'endormir. Les cris de maman se sont estompés dans le silence. La vieille femme est venue me voir. Elle avait les yeux de maman. C'était très perturbant. Elle m'a dit qu'elle était la maman de maman et qu'elle était très heureuse de faire ma connaissance. Elle m'a aussi dit qu'on allait habiter ensemble dans leur maison, le temps que maman quitte ses démons.

Après que l'ambulance est partie avec maman dedans, nous sommes rentrés dans la maison. Les gendarmes m'ont dit que j'avais été séquestré. Je leur ai répondu que non, que c'était maman qui l'avait été, là-haut, dans ses pensées. Moi je me suis contenté de veiller sur elle, de la protéger de ce monde, et de protéger le monde de sa folie. Ils ont eu l'air attendris. Ils m'ont aussi dit qu'ils avaient retrouvé la voiture rouge de la station essence sur un marché noir en Roumanie, et le bateau au fond du lac d'Annecy.

Marcus m'a ensuite tout avoué. Après que nous nous étions couchés, c'est lui qui les avait prévenus la veille dans la soirée. Comment pouvais-je lui en vouloir ? Au fond, je savais qu'il nous avait sauvés.

Papi et mamie se sont présentés à moi. Ils m'ont dit que je leur avais beaucoup manqué. J'ai appris ce jour-là que maman risquait d'être condamnée pour enlèvement d'enfant, mais que sa folie aller jouer en sa faveur. Je leur ai répondu qu'on ne joue pas avec la folie, que c'est du sérieux. Mais j'ai surtout appris cet après-midi-là que papi et mamie avaient chacun un prénom : Marcel et Madeleine. C'est facile à retenir. Ça commence pareil, comme maman.

J'ai serré très fort Marcus dans mes bras. Puis je suis monté à l'arrière de la décapotable. Marcus a fermé la portière derrière moi. Les sièges en cuir avaient le parfum de sa veste. Papi a démarré la voiture. Marcus m'a fait des signes d'au revoir d'une main. Il avait caché l'autre qui tremblait, au fond de sa poche. Quand je me suis retourné au bout de la propriété, Marcus était toujours là, au milieu du chemin. C'est la dernière fois que je l'ai vu. Durant des mois, il m'a écrit des lettres. Elles commençaient toutes par « *Mon cher bonhomme* ». Et dans chacune d'entre elles, il insérait une plume d'un oiseau différent. C'était sa signature. Je me souviens très bien de sa dernière lettre. Il m'avait même envoyé un colis pour me la faire parvenir. Aucune enveloppe n'était en effet assez grande, pour faire rentrer une plume d'autruche.

Comme un oiseau migrateur, Marcus s'est envolé pour l'Australie. L'opéra de Sydney l'avait appelé pour ses talents de plumassier. Il n'avait pas pu refuser. Et puis, là-bas, c'est toujours l'été.

La fin de l'histoire

Papi a roulé d'une traite sur les routes nationales. Nous nous sommes enfoncés loin dans la campagne. Après une pause pipi, mamie est montée avec moi à l'arrière. Elle n'arrêtait pas de me dire que tout allait bien aller à présent, que je reverrai bientôt maman. Papi, lui ne disait rien. Mais je crois que c'est encore lui qui semblait le plus mal au point.

Maman a été placée avec les détraquées du ciboulot dans un hôpital psychiatrique de haute sécurité. Ceux à qui il manque une case sur l'échiquier de leur raison. Je me demande comment ils les soignent là-bas. L'hôpital est tellement sécurisé, que leur folie ne peut même pas en partir.

Après une église, papi a pris à gauche sur un chemin de terre. Je me demande comment il savait que c'était celle-ci. Elles se ressemblent tellement toutes avec leurs toits pointus qui piquent dans le ciel les fesses des nuages étourdis. De chaque côté du chemin étaient alignées des rangées de peupliers. Ils s'agitaient dans le vent et paraissaient lever leurs branches lors de notre passage comme pour nous saluer. En haut, au bout du chemin, trônait un grand portail noir. Je l'ai tout de suite reconnu. C'était ici même, caché derrière ses grilles, que papa a attendu des nuits entières. J'imaginais maman en train d'escalader le portail avec aisance, en prenant soin de ne pas coincer sa robe de nuit, dans l'une de ses défenses.

Nous avons continué à rouler. À travers la vitre, j'ai aperçu la maison du gardien. Elle était accolée au muret qui entourait la propriété. Près de celle-ci, un monticule de terre faisait office de cimetière. Il y avait une unique croix sur laquelle était écrit « *À mon fidèle compagnon Nestor* ». Nestor, c'était le chien que maman soudoyait. C'est toujours plus facile de calculer l'âge des chiens morts. Leur âge va rarement bien loin. Le gardien m'a dit plus tard que Nestor aimait beaucoup maman. Il m'a dit que son chien avait fini en surpoids, et qu'il ne comprenait pas pourquoi. Il lui avait même donné un régime végétarien. Ce sont ses kilos en trop qui l'ont emporté. Son cœur ne pouvait plus respirer.

Nous avons remonté la cour de graviers. Ils frémissaient sous les pneus comme un chant orchestré par des millions de cigales. Papi a arrêté la voiture. Mamie m'a ouvert la porte. Devant moi, il y avait une énorme bâtisse en pierres blanches. C'était aussi beau qu'un musée, même si je n'y avais jamais été. Les murs bronzaient au soleil toute la journée. Les pierres réfléchissaient leur chaleur. La maison surplombait un large perron. Deux rangées de fenêtres indiquaient le nombre d'étages. Sur chacune d'entre elles, des lierres grimpants escaladaient des pans de murs sans corde pour les retenir en cas de chute.

Un employé de maison en costume noir et blanc est descendu des marches pour nous saluer. Malgré son âge avancé, il avait choisi de ne pas remplacer ses yeux d'enfants. C'est lui, quelques années auparavant, qui jouait à cache-cache avec maman. Il a eu beaucoup de peine quand elle est partie de la maison.

— Tu dois être Théo, m'a-t-il dit d'une voix accueillante. Je te souhaite la bienvenue dans ton nouveau chez-toi.

Je lui ai répondu que chez moi, ce n'est pas ici. Que chez moi, c'est à côté de maman, et ce, où qu'elle soit. Il a semblé mélancolique. Elle lui manquait. Il savait que peut-être, jamais elle ne reviendrait. Et que pour jouer de nouveau à cache-cache avec elle, il devra désormais compter jusqu'à l'infini. Papi lui a fait un signe en lui montrant le coffre de la berline. Mamie m'a pris la main et m'a invité à monter les escaliers.

Dans l'entrée, il y avait un carrelage noir et blanc tissé comme les cases d'un échiquier. J'ai imaginé maman sauter dessus à la manière d'un cavalier. Il y avait des statues de bustes de femmes que maman n'avait pas le droit de toucher et des canapés sur lesquels elle n'avait pas le droit de sauter. Un lustre immense était suspendu au milieu du hall. Maman l'avait nommé « la Voie lactée », avec ses millions de constellations emprisonnées dans chacun de ses cristaux. Des filets de lumière colorés passaient à travers des vitraux. Alignées le long des murs, de grandes lampes au style moderne n'éclairaient presque rien.

Avec mamie, nous avons monté les escaliers. Nous avons parcouru un couloir aussi large qu'une allée.

– Voilà ta chambre, m'a-t-elle dit en poussant une des nombreuses portes blanches.

Je ne l'ai pas cru de mes yeux. Il y avait dans cette chambre tout pour rendre un enfant heureux. Il y avait des photos de moi, de maman et de papa encadrées et accrochées sur tous les murs. Il y avait des peluches sur une malle. J'allais devoir maintenant leur donner à tous un nom. Un excellent exercice me suis-je dit pour mon futur métier de nommeur de chevaux de course. Il y avait des déguisements, un théâtre de marionnettes et un lit cabane.

Mamie m'a dit qu'à l'annonce de ma naissance, et malgré le départ de maman, ils m'avaient aménagé une chambre de nouveau-né. Ayant toujours espéré que maman puisse leur pardonner, ils avaient jeté le lit de bébé dans lequel je ne m'étais jamais reposé, pour finalement par un plus grand le remplacer. Ils n'avaient jamais cessé d'espérer.

Comment est-ce possible d'avoir des gens qui pensent à nous, et de ne même pas s'en apercevoir, ni même le savoir ? On devrait pourtant être capable de le ressentir quelque part au fond de nous. Non ? Moi je n'ai rien senti du tout. Je croyais vraiment que pour eux, je n'existais pas.

Ils ont tout de suite pris soin de moi comme s'il s'agissait de maman. Un soir après le dîner, j'ai exploré mon étage. J'ai poussé une porte qui était toujours fermée. C'était la chambre de maman. Elle était juste à côté de la mienne. Papi et mamie n'avaient rien changé. Sa chambre avait traversé le temps de sa jeunesse. Le lit était fait et les armoires rangées. Ils n'attendaient plus qu'elle. Sur le bureau régnait un joyeux capharnaüm. Il y avait des bougies à moitié consommées, des photos d'elle et de ses amis, un radiocassette, un Rubik's Cube aux faces multicolores et dans un vase, sur le rebord de fenêtre, un bouquet de pierres. Cette nuit-là, je me suis endormi dans son lit. Papi et mamie n'ont pas osé me réveiller.

Dès mon arrivée tout le monde au château a été bienveillant à mon égard. Chaque employé veillait chaque jour, à ce que je me sente chez moi. Des semaines sont passées. Papi m'a appris à monter à cheval, mamie à faire du jus de raisin, le jardinier à couper les rosiers, le gardien à faire donner la patte à Tintin, son nouveau chien. Dans le domaine, tout le monde connaissait maman. C'était incroyable. Mais ce qui me faisait mal, c'est qu'ils parlaient tous d'elle au passé. Je devais à chaque fois les reprendre. J'avais du mal à comprendre. Alors j'ai demandé à mamie. Et c'est là, que j'ai appris.

Quelques jours à peine après son internement, maman s'est évadée de l'hôpital. Elle a couru pieds nus à travers les longs couloirs. Elle a sauté par-dessus les grillages et les barbelés pour rejoindre la nuit. Ils ont directement averti papi et mamie, qui ont choisi de ne rien me dire. Ils pensaient qu'ils allaient la retrouver, comme à chaque fois que la folie la kidnappait. Un chien renifleur a découvert à quelques centaines de mètres plus loin, un morceau de tissu avec son nom inscrit dessus. Ils ont fouillé les fonds des étangs, envoyé des hélicoptères dans le ciel, remué les fourrés. Et puis un jour, tout s'est arrêté : les recherches ainsi que l'espoir de la retrouver.

Mamie a fondu en larmes. Elle m'a dit qu'elle était désolée. Que ce n'était pas possible. Mais qu'il fallait se résigner à cette triste vérité. C'est à ce moment-là que j'ai senti, que je n'aurai plus de chez moi. Je me suis fait du souci pour moi, et pour la terre entière. Comment ce monde allait faire, sans sa folie pour le faire tourner en rond ? Allait-il faire tout comme mon cœur, s'arrêter ?

J'ai dévalé les escaliers. Papi a voulu me rattraper, mais mamie l'en a empêché. J'ai couru à travers les vignes en fleurs. J'ai couru parce que je ne savais pas quoi faire d'autre. J'avais déjà tout essayé, et cela n'avait rien changé. J'ai couru ainsi jusqu'au fond du domaine, près du puits en pierres. Un drap de lichen les recouvrait. Une épaisse plaque en pierre elle-même surmontée d'un bouquet de géraniums le refermait. C'est dans ce puits que maman aimait crier si fort, et attendre son écho remonter de l'obscurité. Elle le voyait si profond qu'elle pensait qu'il donnait sur l'autre bout du monde. Elle avait même percé un trou dans le globe de papi pour tendre un fil afin de voir où est ce qu'il pouvait déboucher. Comme c'était perdu au milieu d'un océan et qu'elle ne savait pas très bien nager, elle a choisi de ne rien tenter.

Seul à côté de ce puits, j'ai poussé la lourde dalle. J'y ai mis toutes mes forces. Elle s'est écartée finalement de quelques centimètres dans un vacarme de cailloux frottés. Mais c'était suffisant. Suffisant pour approcher mon oreille. Et c'est là que je l'ai entendue. Maman. Dans les profondeurs de ce puits, l'écho de sa voix et ses secrets d'enfants résonnaient toujours.

Madame Arthur (2)

La fête d'anniversaire des soixante ans du cabaret bat son plein. Des ballons en baudruche de toutes les couleurs flottent au-dessus de la scène. Sous les yeux écarquillés du public, des créatures de la nuit se sont relayées toute la soirée sur les planches. Elles ont enchaîné sous les lumières des projecteurs des reprises des six dernières décennies. Du haut de leurs talons compensés, tous les artistes ont ravi le public en redonnant vie tour à tour à un tube écouté en boucle lors d'un amour d'été ou à une chanson entendue sur l'autoroute des vacances.

Malgré ses hésitations au début du spectacle, Théo a finalement enchaîné sans fautes tous les numéros de son tableau. Derrière son miroir, il se prépare maintenant pour la dernière chanson de la soirée : « *Happy Birthday To You Mister Arthur* » chantée à la manière de Marilyn Monroe pour son ami le Président. Il n'a que quelques minutes à peine pour changer de tenue et enfiler la robe blanche qui se soulèvera le moment venu dans le sillage de ventilateurs installés pour l'occasion. Derrière son miroir, Théo se débat avec sa perruque blonde aux cheveux mi-longs qui s'est coincée dans ses boucles d'oreilles. Le temps presse.

— Attends, je vais t'aider.

Fabien, assis dans un siège au fond de la loge se lève alors. Il s'approche de son amant et ajuste la nouvelle chevelure bouclée de son compagnon. Fabien est resté toute la soirée dans ce siège à lire le cahier de Théo.

— Et ta mère alors, ils ne l'ont jamais retrouvée ?

— Non, rien, même pas son corps. Ses funérailles ont été très difficiles. Une boîte vide, c'est tout ce qu'on a enterré ce jour-là.

– Je suis désolé, Théo… je ne savais pas.

Un bruit les interrompt. Un collègue transformiste portant une large perruque rose et au buste serré dans un corset de la même couleur passe le pas de la porte.

– Désolé de vous interrompre, les gars. Théo, prêt pour le final ?

– J'arrive. Juste le temps d'ajuster cette maudite perruque qui fait de la résistance.

Son collègue regarde Théo dans sa robe immaculée.

– Tu fais de l'ombre à la vraie Marilyn, tu sais ! Au fait... Toujours partant pour la soirée ?

– Ouais… enfin quelle soirée ?

– Eh ben, la soirée ! T'as pas pu l'oublier. Tout à l'heure après le show.

Théo regarde son collègue l'air hagard.

– Pour l'anniversaire du cabaret ! Ça va être champagne à gogo !

– Ah oui… non… je n'avais pas oublié, mais c'est juste que ce soir…

– Ça va être génial. Il y aura tout le monde : les anciens, la bande et tous les habitués.

Après avoir réussi à démêler sa perruque, Théo rejoint ses collègues derrière le rideau. Au signal, Théo s'avance sur scène dans sa robe aux reflets d'argent. Il se saisit du micro monté sur pied et débute la chanson. Le public se met à chanter en cœur. Mission réussie. Joyeux anniversaire Monsieur Arthur.

Trois rappels d'un public conquis ont suivi son numéro. Après le dernier d'entre eux, Théo retourne dans sa loge se démaquiller. Il aime cet instant, cette transition. Passer du beau au vrai, du mystique au réel. Il aime retourner à sa condition d'homme, redécouvrir son visage et ses défauts : les poils sur son menton, les petites rides qui sourient aux coins de ses yeux, les premiers cheveux blancs. Déjà, pense-t-il à chaque fois qu'il les voit.

Au fond de couloir, Théo entend la fête battre son plein au niveau de la scène. Tout le public est à son tour monté sur scène pour fêter l'anniversaire du cabaret. Pour l'occasion, un gâteau surmonté de soixante bougies a été installé sur une table.

– Allez, quelques bonjours et tu repars, se dit-il seul face au miroir.

Théo enfile son T-shirt et suit le bruit des basses en direction de la salle. À peine arrivé, un homme le prend à parti.

– C'était toi Marilyn ! C'était excellent ! J'ai adoré le coup de la robe qui se lève.

Théo le remercie. Il réussit à s'échapper en se perdant dans la foule dansante. Fabien le voit de l'autre côté de la scène. Il lui fait un signe de main et vient à lui après un détour par le bar.

– Tiens, lui dit-il en lui tendant une coupe de champagne. Tu l'as bien mérité !

Théo n'a pas l'air ravi. Il veut partir d'ici. Il n'a ni envie de boire ni envie de danser. Pas ce soir. Fabien le comprend immédiatement dans son regard.

– Tu veux qu'on s'en aille ?

– Oui, s'il te plaît.

Fabien pose la coupe encore pleine sur une table et prend Théo par la taille en direction de la sortie. Cependant, à quelques mètres de la porte, Théo entend un de ses collègues crier son nom.

– THÉO, THÉO !

Il se retourne et voit Virgina faire des signes de son bras pour l'inviter à faire demi-tour. Il insiste.

– Attends-moi dehors. Je reviens tout de suite.

Théo remonte la foule compacte jusqu'à son collègue. La musique est forte. Il est obligé de crier.

– Qu'est-ce qu'il y a ?

– Il y a un vieil ami qui veut te voir !

– Quoi ?

Théo n'entend pas. Le son grave des basses recouvre la voix de son collègue.

– J'AI UN VIEIL AMI QUI VEUT TE VOIR !

Théo se rapproche de son collègue pour mieux l'entendre.

– Un ami ? À toi ? Mais c'est qui ?

– C'est un ancien fournisseur du cabaret que j'ai invité pour les soixante ans. Il dit que c'est important.

– Il est où ?

– Il t'attend dans ta loge.

– Dans ma loge ? Mais pourquoi tu l'as mis dans ma loge ?

– Tu comprendras.

Théo s'agace. Pourquoi ne lui dit-il pas simplement ? Il se dit que plus vite ça sera fait, plus vite il sera dehors. Il prend alors la direction de sa loge. Remonte le long couloir. La musique se dissipe peu à peu. Il ne prend toujours pas la peine de regarder les portraits en noir et blanc qui le longent. Arrivé à la hauteur de sa loge, il aperçoit en effet la silhouette d'un homme. Théo passe le pas de la porte. Au milieu de la pièce, l'homme se tient droit, dos à lui. Il a dans ses mains des plumes décollées d'un de ses costumes. Il est grand, élancé. Il ne l'a pas entendu entrer. Un bonnet sur le crâne cache sa chevelure. Il ne peut pas voir son visage. Pourtant, Théo a l'impression de le connaître. Une sensation de déjà vu l'envahit. Il scrute son corps de la tête au pied à la recherche du moindre détail. Des mocassins, pas de chaussettes, un jean bleu, un pull blanc en laine. Théo remonte encore son regard. Au niveau de son cou, il aperçoit un bout de tatouage… un tatouage comme une aile d'oiseau, comme celle d'une hirondelle qui voudrait s'élancer dans les airs. Théo s'avance près de l'homme tout en continuant à fixer cet oiseau qui ne s'est jamais envolé de sa mémoire.

Dans les mains de l'homme, les plumes se balancent au gré des courants d'air provoqués par l'arrivée de Théo. Il sait qu'il est juste derrière lui. Il se retourne. Leurs regards se croisent, se jugent, s'embrassent. Des larmes montent dans le creux des yeux de Théo. Les deux hommes restent ainsi immobiles de longues secondes. Brusquement, Théo parcourt les derniers mètres qui les séparent. Il se jette sur lui et l'enlace de ses bras.

– Salut bonhomme. Tu as bien grandi !

— Marcus, je suis si content de te voir...

Théo continue à s'accrocher au cou de Marcus comme on peut s'accrocher à la vie. Il veut le ressentir. Il veut être sûr de le savoir bien vivant, là, maintenant. Il sent son odeur.

Théo relâche enfin son étreinte. Il a mille questions à lui poser. Il ne sait pas par laquelle commencer. Mais Marcus ne lui laisse pas le temps de le faire.

— Théo, j'ai quelque chose à te dire.

— J'imagine, Marcus. L'Australie, ça a dû être fantastique ! Moi aussi j'ai des choses à te dire, des montagnes de choses. Tu sais qu'après ton départ...

Théo s'arrête brusquement de parler en voyant le regard de Marcus changer. Il est devenu opaque, triste, presque inquiétant.

— Qu'est-ce qu'il y a Marcus ? Ça ne va pas ?

Marcus prend une grande respiration. Il sait l'importance de ce qu'il va lui dire.

— C'est à propos de Rose.

— Maman ?

— Oui…

— Qu'est-ce qu'il y a ? demande Théo.

Voyant qu'il n'arrive pas à finir sa phrase, Théo le saisit au niveau des épaules.

— Marcus, putain ! Il hausse le ton. Qu'est-ce qu'il y a à propos de ma mère ? Réponds ! se met-il à crier.

Théo ne peut plus attendre. Il enfonce ses doigts dans la laine de son pull. Il ne sent plus sa force. Il ne veut pas lui faire de mal, mais il ne tient plus. Il veut savoir. Cela fait réagir Marcus qui relève son regard alors fixé au sol.

— Théo… Ta maman, elle est vivante.

Remerciements

Comme je ne serais sûrement jamais primé aux césars, j'en profite pour griser cette page de quelques remerciements.

Merci à ma fabuleuse directrice de collection, Jeanne Malysa, qui a « sauvé » un manuscrit de l'oubli et l'a transformé en roman. Merci pour cette chrysalide littéraire. Merci à Laurence Schwalm, mon éditrice, qui dirige la maison d'une main sûre et à Catherine Moisand, notre community manager qui ne compte pas son temps.

Merci à mon premier amour, passionnée par les mots, qui au fil d'une vertigineuse correspondance épistolaire, m'a appris à les apprivoiser.

Merci à une autre femme, professeure de français, qui a su juger son élève au-delà de son orthographe ou de ses nombreuses ratures recouvrant ses dissertations. Merci de lui avoir montré qu'il n'y a pas que Hugo, Balzac ou Flaubert. Merci de lui avoir donné envie de créer avec des mots.

Merci à tous mes primo-lecteurs et lectrices pour leurs précieux retours.

Merci à mon photographe pour mon portrait de 4ème de couverture, car ce n'était pas gagné.

Merci à mes personnages, Théo, Rose, Marcus et à tous les autres, d'avoir été de si bons compagnons durant ce premier confinement. Grâce à eux, je n'ai jamais autant vagabondé qu'entre les quatre murs de mon appartement.

Et enfin, merci à tous ces regards multicolores qui se poseront sur ce roman, à ces mains rugueuses ou de velours qui le caresseront et à ces âmes rêveuses d'avoir voyagé avec moi le temps de ces quelques pages.

Dans la même collection

Habanera – Laurence Lefebvre – 2009
Maelig – Ghislaine vignal – 2011
Quitte-moi mon amour – Marine Mazedier – 2011
Au-delà de la chair – Hervelyne Fauve – 2011
Fragments – Hervelyne Fauve – 2012
C'était près de l'Yerres – Marie Allain – 2012
Jusqu'à ce que l'amour nous sépare – David Benoliel – 2012
Les herbes folles de l'été – David Benoliel – 2012
Duo infernal – David Benoliel – 2013
Une maison en Toscane – Marie Allain – 2014
Le cœur de Léa – Chantal Meyer – 2017
Il a brûlé ma maison – Julie Grimard – 2020

Cet ouvrage a été mis en page par Ex Æquo

Jérôme Idelon

L'envol du flamant rose

ISBN : 979-10-388-0068-7
Collection : Accroch'Cœur
ISSN : 2111-6725
Dépôt légal : janvier 2021

Éditions Ex Æquo
6 rue des Sybilles
88370 Plombières Les Bains

www.editions-exaequo.com